Ursula Steen

DREI SIND MEHR ALS GENUG

SERIE PIPER

Zu diesem Buch

Nach acht Jahren Muttersein sagte sich Ursula Steen: »Drei sind mehr als genug«, setzte sich hin und schrieb sich frech und selbstironisch Mutterlust und Mutterfrust von der Seele. Treffsicher erzählt sie von alltäglichen Situationen während ihrer Schwangerschaft, von den Veränderungen der Beziehungen zu Beruf, Partner und Umwelt, von klassischen Momenten eines gewöhnlich turbulent-chaotischen Familienalltags. Dieses erfrischend offene Bekenntnis einer gestreßten Mutter stellt vergnüglich und unprätentiös den Mythos der allzeit verfügbaren und bedingungslos liebenden »guten« Mutter zugunsten einer Realität in Frage, wo nervliche Zerreißproben und Konflikte an der Tagesordnung sind.

Ursula Steen, geboren 1959 in Stade, studierte Grafik-Design. 1982 wird sie zum ersten Mal Mutter und widmet sich seitdem der (V)erziehung ihrer Kinder.

Ursula Steen

DREI SIND MEHR ALS GENUG

Szenen eines
(un)getrübten Familienlebens

Piper München Zürich

Unveränderte Taschenbuchausgabe
R. Piper GmbH & Co. KG, München
1. Auflage Januar 1993
3. Auflage April 1996

Umschlag: Büro Hamburg
Simone Leitenberger, Susanne Schmitt, Andrea Lühr
Umschlagabbildung: Martin Haake
Gesamtherstellung: Clausen & Bosse, Leck
Printed in Germany ISBN 3-492-22269-2

Inhalt

Nicht schon wieder...

Ich kann mir nicht helfen: In letzter Zeit verspüre ich zunehmend den Drang, einen absolut authentischen Erfahrungsbericht über die Mutterschaft vom Stapel zu lassen. Der Gedanke ist nicht neu, ich weiß. Auf das Thema haben sich schon ganze Heerscharen von Müttern gestürzt.

Nichtsdestotrotz werde ich den abertausend Berichten und Geschichten noch ein paar weitere – sehr persönliche – hinzufügen. Wir Mütter sind nämlich darauf angewiesen, Erfahrungen auszutauschen, Vergleiche anzustellen und uns nach Herzenslust den Frust von der Seele zu meckern.

Leider Gottes läßt man uns so selten! Immer wenn wir in der Öffentlichkeit über unser Lieblingsthema – die Kinder – reden wollen, rauft sich garantiert einer der Anwesenden die Haare und stöhnt: »O Gott, nicht schon wieder...!«

So eine Bemerkung nimmt uns natürlich sofort den Wind aus den Segeln.

Wenn man uns nicht reden läßt, greifen wir eben zum Kugelschreiber.

Voilà, hier stehe ich vor Ihnen! Die Mutter von Annika, Henning und Maren.

In diesem Buch beschreibe ich – mit einem lachenden und einem weinenden Auge – meine Hoffnungen und Ängste in den Schwangerschaften, meine Wandlung vom jungen Mädchen zur dreifachen Mutter und unser turbulentes – um nicht zu sagen: chaotisches – Alltagsleben.

Übrigens, ich verkörpere nicht gerade ein Musterbeispiel an Menschlichkeit und Toleranz. Von der bedingungslos liebenden, allzeit verfügbaren »Supermutter« bin ich genau so weit entfernt wie von der tyrannischen und verantwortungslosen »Rabenmutter«.

Ich gehöre wohl oder übel zu den unzähligen »Durchschnittsmüttern« im Lande: nicht konsequent im Guten, nicht konsequent im Bösen.

Und was ich hier aufgeschrieben habe, enthält daher auch nichts Überraschendes, Ungewöhnliches oder gar Exotisches – sondern eben den Alltag. Meinen Alltag.

Die einfache Mutter

Warum gebe ich, ein junges Mädchen von 22 Jahren, mein sorgenfreies, bequemes Leben auf und werde Mutter? Auf diese Frage habe ich genau fünf Antworten gefunden:

1. *will ich keine alte Jungfer werden,*
2. *komme ich so der Unsterblichkeit ein wenig näher,*
3. *möchte ich einen dicken Bauch vor mir herschieben,*
4. *glaube ich, daß ein Kind unser Leben in jeder Beziehung bereichern wird,*
5. *will ich auch endlich so ein süßes, kleines Sonnenscheinbaby auf dem Arm halten.*

Eines Tages passierte es. Ich starrte mich an dem Bauch einer schwangeren Frau fest und kam nicht mehr davon los. Nachdenklich wanderte ich heim, schnappte mir eines unserer Sofakissen und schob es mir vorne unter den Ringelpulli. Mit klopfendem Herzen betrachtete ich mein verbogenes Profil im Spiegel. Gar nicht so übel! Das kleine Bäuchlein stand mir sehr gut.

Doch dann demontierte ich mit ein paar gezielten Handgriffen den wabbeligen Kissenbauch und zeigte meinem Spiegelbild einen Vogel. So ein Quatsch! Fang bloß nicht damit an, Ulla! Ein Kind zu diesem Zeitpunkt, mitten in der Ausbildung? – Völlig unmöglich!

Andererseits, ich war Anfang zwanzig. Wie lange sollte ich denn noch warten? Bis Hans Wilhelm und ich unser Diplom in der Tasche hatten? Das konnte noch dauern.

Mein Gott, diese Jugend ohne Ende. Dreizehn Jahre Schulzeit, fünf oder sechs Jahre Studium, Wartezeit hier, Wartezeit da – ehe man zu Potte kam, war man an die dreißig Jahre alt.

So spät sollte ich meine Kinder bekommen? Das paßte mir ganz und gar nicht. Aber ich wollte kein Spielverderber sein und legte das Thema erst mal ad acta.

Doch dann wurde meine Kommilitonin Danni schwanger. Bei ihrem Anblick fiel es mir wie Schuppen von den Augen: »So etwas« wollte ich auch haben, unbedingt, Studium hin, Studium her.

Die ganze Schwangerschaft über verfolgte ich sie mit Argusaugen. Meine ständige, unbändige Lust, an ihrem Bauch herumzufummeln, nahm beinahe unanständige Formen an.

Danni gebar ein reizendes, zierliches, braungelocktes Töchterlein namens Sonja. Beim Anblick der Kleinen war es dann vollends um mich geschehen. Ich brauchte nur noch wenige Monate, um Hans Wilhelm davon zu überzeugen, daß ein Kind unser Leben in jeder Beziehung bereichern würde; dann machten wir uns ans Werk.

Wir hatten da allerdings ein kleines Problem, nicht technischer, sondern terminlicher Art. Hans Wilhelm mußte zu der Zeit gerade seinen Zivildienst ableisten, leider Gottes in einem Ort, der zweihundert Kilometer weit von mir entfernt lag. Wir sahen uns nur äußerst selten. Unter diesen Umständen war es gar nicht so einfach, ein Baby zu zeugen. Immer wenn ich meinen Eisprung hatte, war er garantiert nicht da. – Ansonsten verlebten wir eine wilde Zeit.

Tja, und irgendwann war es dann vollbracht. Ich ließ mich ungeschickt auf dem Untersuchungstisch meines Frauenarztes nieder und bat ihn, meine Schwangerschaft zu bestätigen. Er tastete und drückte und fühlte ... Ich sah zur Decke und tat so, als wäre es ganz normal, mich von diesem Typen begutachten zu lassen.

Plötzlich fing er an zu lächeln und sagte: »Ja, ganz eindeutig, Sie sind schwanger!« Das Kind würde Ende Juni auf die Welt kommen.

Ich verließ die Praxis wie auf Wolken. Draußen blieb ich erst mal stehen und atmete tief durch. Soeben war ich unsterblich geworden!

Am nächsten Tag blieben wir im Bett und träumten einfach so vor uns hin.

Kind, wie wirst du aussehen? Bist du ein Mädchen oder

ein Junge? Werden wir uns lieben? Werde ich deine Geburt überstehen?

Hans Wilhelm war ein bißchen neidisch, daß er das Baby nicht selbst in seinem Bauch herumtragen konnte. Aber was half's! An den biologischen Tatsachen war nun mal nicht zu rütteln. Um so intensiver forschte er, was »da drinnen« vor sich ging. Immer wieder legte er seine Hand auf meinen (noch) flachen Bauch und streichelte ihn. Ich begann zu ahnen, was für einen (zukünftigen) Supervater ich mir da vor fünf Jahren eingefangen hatte.

Nach dieser ersten, wunderschönen »Traumphase« mußte er wieder in seinen Einsatzort zurückfahren. Ich dackelte weiter treu und brav zur Uni und versuchte, mein normales Pensum zu bewältigen. Aber es kam nicht viel dabei heraus. Statt zu arbeiten, träumte ich lieber zum Fenster hinaus. – Und außerdem war mir kotzübel.

Meine Kommilitonen tippten sich vielsagend an die Stirn. Ich hatte noch keine Lust, sie über meinen Zustand aufzuklären; das »süße Geheimnis« sollte noch ein solches bleiben, zumindest ein paar Wochen lang.

Aber irgendwann kamen sie dann doch dahinter. Nachdem ich zum zweitenmal leicht lädiert aus der Damentoilette herausgewankt kam, fing mein spezieller Freund Julius an zu grinsen und sagte: »Guckt mal, die Kleine!«

(Die Kleine – das war eine glatte Untertreibung. Immerhin war ich 175 Zentimeter groß und konnte den meisten meiner Kommilitonen auf den Kopf spucken.)

»Bist du schwanger, oder was?« fragte Andreas ruppig.

Ich nickte und schneuzte mir umständlich die Nase. Dann steckte ich mein Taschentuch weg, hob den Kopf und sah den anderen mutig in die Gesichter.

Man konnte nicht gerade behaupten, daß meine Enthüllung sie vom Hocker riß. Die Männer sahen mich mit unverhüllter Skepsis an, die Frauen mit einer Mischung aus Neugierde und Distanz. Ich spürte, daß wir uns mit jeder Sekunde weiter voneinander entfernten. Ich gehörte auf einmal nicht mehr so richtig dazu, daran war nicht zu rütteln. Das Dumme war bloß, daß ich mich in keiner Weise befördert fühlte, eher degradiert.

Zu Hause ließ ich meiner Enttäuschung erst mal freien Lauf. Eine geschlagene Stunde lang lag ich im Bett und heulte. Dann rappelte ich mich auf, wischte mir die Tränen ab und brüllte: »Scheiße!«

Was hatte ich denn eigentlich erwartet? Jubel? Applaus? Freudentränen? Liebesbezeugungen?

Hatte ich bei Danni applaudiert? Hatte ich vor Freude geweint und ihr meine ewige Liebe geschworen? Nein. Ich wußte damals noch nicht, wie sehr eine Schwangere auf die liebevolle Anteilnahme und den Zuspruch Dritter angewiesen ist.

Der nächste, der von meiner Schwangerschaft erfuhr, war unser Kunstprofessor Herr Hagelstein. Er war ein sehr geradlinig denkender, temperamentvoller Mann Mitte Fünfzig. Als er mir ein paar Tage später im Foyer begegnete, stürzte er auf mich zu und überschüttete mich mit einer ganzen Badewanne voll Sympathie. Immer wieder beteuerte er mir, wie großartig er meine Entscheidung fände. Er selbst hätte auch schon während des Studiums Kinder gehabt und es nicht bereut. Nachdem er sich noch als Babysitter für alle Fälle angeboten hatte, machte er auf dem Absatz seiner Westernstiefel kehrt und klackte davon.

Ein paar Tage später setzte er seinem Verhalten noch die Krone auf und überreichte mir vor versammelter Mannschaft einen ganzen Präsentkorb voll saurer Gurken, Ovomaltinedosen und Fruchtdrops. Ich war gerührt. (Aber ein bißchen peinlich war's auch!)

In der zwölften Schwangerschaftswoche fuhren wir nach Hause und informierten unsere Eltern über das bevorstehende Ereignis. Also, ehrlich gesagt: Sie waren nicht gerade begeistert. Schließlich waren wir noch mitten in der Ausbildung. Es dauerte eine Weile, bis sie sich mit dem Gedanken angefreundet hatten. Dann erkundigten sie sich interessiert nach dem Termin unserer bevorstehenden Heirat. Hans Wilhelm und ich sahen uns betreten an. Unter diesem Aspekt hatten wir die Sache noch nie betrachtet. Heirat? Nein danke, eigentlich nicht. Wir fühlten uns auch so aufs Innigste verbunden.

Unsere armen Eltern wollten vor Schreck tot umfallen!

Ich war total deprimiert. Da lebten wir nun seit fünf Jahren in einer festen, harmonischen Beziehung, waren glücklich miteinander und hatten rosige Zukunftsaussichten – aber in den Augen unserer Eltern zählte das alles nicht.

Ich fuhr zurück und versuchte, irgendwie mit meiner Enttäuschung fertig zu werden.

Im Februar begann ich mich zu fragen, wo mein dicker Bauch blieb. Ich war mittlerweile im fünften Monat schwanger und vorne immer noch so platt wie ein Pfannkuchen. Dabei sehnte ich mich so danach, meine nagelneue Schwangerschaftslatzhose vorzuführen.

In den Semesterferien lag ich wieder viel im Bett, spürte die Kindsbewegungen und träumte vor mich hin.

Kind, gesetzt den Fall, wir können uns nicht ausstehen? Was dann? Ich kann dich nicht zurückgeben, und ich kann nicht vor dir davonlaufen. O Gott, wir sind aneinandergefesselt für den Rest unserer Tage.

Und welchen Namen soll ich dir bloß geben? Mir fallen nur lauter Mädchennamen ein, kein einziger Jungenname. Wünsche ich mir im Grunde meines Herzens, daß du ein Mädchen bist? Auch wenn ich behaupte, daß mir dein Geschlecht ganz egal ist... Hauptsache, gesund!

Ich verbrachte ein paar Nachmittage in der Bücherei und wälzte in allen verfügbaren Namensbüchern, aber ich fand keinen einzigen Namen, der mir gefiel. Schließlich kam mir der Zufall zu Hilfe. Ich saß in unserem Wohnzimmer, futterte den Rest von Herrn Hagelsteins Gurken auf und langweilte mich zu Tode. Lustlos stellte ich den Fernseher an. Mit wachsender Aufmerksamkeit verfolgte ich die Abenteuer von Pippi Langstrumpf und ihren kleinen Freunden, Tommy und Annika. Annika. Annika! ANNIKA! Das war's! Welch eine Freude!

Im April fing ich mit der Schwangerschaftsgymnastik

an. Zweimal in der Woche radelte ich zum »Haus der Familie« und turnte mit zwölf anderen Frauen um die Wette. Ein paar von ihnen bekamen schon das zweite Kind. Wenn sie von ihren Entbindungen erzählten, hingen wir Erstgebärenden an ihren Lippen und versuchten, jedes Wort in uns aufzusaugen und zu speichern. Sie kamen uns unendlich weise und erfahren vor. Wenn ich daran dachte, mit welcher Ignoranz ich früher diesen Frauen begegnet war...

Parallel zur Schwangerschaftsgymnastik besuchte ich einen Wickelkurs. Endlich wurde ich in die Geheimnisse der Babypflege eingeweiht. Dieses Gebiet war Neuland für mich; schließlich war ich die erste in unserer Familie, die ein Kind erwartete. Zusammen mit acht anderen Elternpaaren wickelte und fütterte ich eine drei Kilogramm schwere Babyattrappe und tat so, als wäre das alles ganz normal.

Ende April fing mein Bauch plötzlich an zu wachsen. Gott sei Dank! Ich hatte schon alle diesbezüglichen Hoffnungen aufgegeben. Wo vorher nur eine feste Kugel zu spüren war, saß jetzt auf einmal ein entzückendes, rundliches, unübersehbares Bäuchlein. Ich hegte und pflegte und cremte und massierte es zwei- bis dreimal täglich. Endlich konnte ich meine Latzhose aus dem Schrank holen, hineinsteigen und mich vor dem Spiegel hin und her drehen. Zum erstenmal im Leben hatte ich so etwas wie weibliche Formen. Mein Hosenpopo hing nicht mehr in traurigen Falten herunter, sondern schmiegte sich sanft und fest um mein rundliches Hinterteil. Und einen Busen hatte ich – toll! Wie Gina Lollobrigida!

Um meine Brustwarzen abzuhärten, griff ich zu einem alten Familientrick. Ich schrubbelte sie tagtäglich mit einer ausrangierten Zahnbürste ab. Das tat zwar höllisch weh, aber meine Oma, die selber vier Kinder hatte, behauptete, das wäre das beste Mittel gegen Risse in der nachfolgenden Stillzeit.

Ein paar Wochen vor der Geburt beendete Hans Wilhelm seinen Zivildienst und kehrte wieder heim. Meine

Freude wurde leider durch ein paar widrige Umstände getrübt. Einer von meinen Backenzähnen entzündete sich und machte mir das Leben zur Hölle. Jeden Tag radelte ich zum Zahnarzt und ließ mich heulend auf seinem Behandlungsstuhl nieder. Nachdem er zwei Wochen lang vergeblich versucht hatte, den Zahn zu retten, griff er zur Zange und machte meinem Martyrium ein Ende. Danach legte ich mich drei Tage lang ins Bett und war ernsthaft krank. Die Wunde hörte nicht auf zu bluten, und mein Schädel krachte, als würde er gleich auseinanderspringen. Nichts und niemand konnte mir helfen.

Gleich anschließend bekam ich noch eine Magen- und Darmgrippe; ein paar Tage lang konnte ich keine Nahrung bei mir behalten.

Nach dieser Tortur war ich körperlich und nervlich am Ende. Ich hatte Angst um das Kind und rannte meinem Frauenarzt immer wieder die Tür ein. Aber dem Baby ging's offensichtlich gut; sein Herz bummerte 140mal in der Minute, wie eh und je.

Nachdem ich mich einigermaßen erholt hatte, gingen Hans Wilhelm und ich in die Stadt und tätigten die ersten Einkäufe. Wir konnten uns nicht satt sehen an all den entzückenden kleinen Babystramplern und -jäckchen. Am liebsten hätten wir den ganzen Laden aufgekauft, aber das war für zwei arme Bafög-Schlucker natürlich ein Ding der Unmöglichkeit. So beschränkten wir uns auf das Allernötigste und hofften auf einen reichlichen Geschenkefluß von seiten der Verwandtschaft. Übrigens, wo kamen nur all die Schwangeren plötzlich her? Jede dritte Frau zwischen zwanzig und vierzig Jahren schob einen dicken Bauch vor sich her. Ich konnte mich nicht genug wundern.

In dieser Zeit klapperten wir auch alle in Frage kommenden Krankenhäuser ab und entschieden uns schließlich für eine kleine Belegklinik am anderen Ende der Stadt. Weil dort die Sekretärin so unheimlich nett war.

Sechs Wochen vor der Entbindung fing der eigentliche Geburtsvorbereitungskursus an. Zusammen mit vierzehn anderen Frauen lernte ich, wie man in der Eröffnungsphase tief und entspannt atmet, in der Übergangsphase hechelt und in der Austreibungsphase preßt. Bei den Entspannungsübungen schlief ich regelmäßig ein und mußte von der Hebamme wieder aufgeweckt werden. Nach dem dreizehntenmal zeigte sie leichte Anzeichen von Ungeduld.

(Im nachhinein könnte ich mich totlachen. All diese Schwangerschafts- und Wickelkurse waren ja gut und schön. Aber sie bereiteten mich nicht mal in Ansätzen auf das vor, was mich erwartete. Ein ganz wichtiger, entscheidender Kursus fehlte, und der hieß: »Überleben im Kinderzimmer«!)

Tja, und irgendwann war es dann soweit. Vier Tage vor dem eigentlichen Entbindungstermin erwachte ich morgens um halb fünf, gähnte ein paarmal schlaftrunken und torkelte dann die Treppe runter zum Klo. Auf dem Rückweg spürte ich plötzlich, wie mir eine undefinierbare Flüssigkeit die Beine hinunterlief. Mein erster Gedanke war: Du hast nicht ordentlich abgewischt, du Ferkel! Doch dann fiel es mir wie Schuppen von den Augen. Ich hatte einen Blasensprung! Ich blieb wie angewurzelt stehen und wagte kaum zu atmen. Dann machte ich einen vorsichtigen Schritt vorwärts. Es plätscherte. Ich machte noch einen Schritt vorwärts. Es plätscherte wieder. Mit wild schlagendem Herzen huschte ich in unsere Wohnung zurück und schlug die Tür zu. Dann lehnte ich mich schwer atmend gegen die Flurwand. Also, nun mal ganz ruhig. Was sollten wir bei einem Blasensprung machen? In den Info-Broschüren stand, daß man sich flach hinlegen und einen Krankenwagen rufen sollte. Um Gottes willen, mit Blaulicht und allem Drum und Dran hier abtransportiert werden? Lieber wäre ich vor Scham im Boden versunken.

Was hatte denn nur mein Arzt gesagt? Los, denk nach! Ach ja, man sollte nur im Falle einer Steißlage einen Krankenwagen rufen. Bei einer Kopflage sollte man sich zwar auch unverzüglich auf den Weg machen, aber allein und auf eigenen Füßen.

Also, Kindchen, wenn du mir jetzt noch verraten würdest, in welcher Lage du dich gerade befindest, wäre ich dir sehr dankbar. Bis vor zwei Wochen hast du dich noch gedreht und gewendet wie ein Eierkuchen. Wie bist du denn nun liegengeblieben?

Weiter im Text. Was hatte uns die Hebamme im Geburtsvorbereitungskurs empfohlen? Ach ja, sie sagte, wir sollten uns nicht verrückt machen lassen und so lange wie möglich zu Hause bleiben. Blasensprung hin, Blasensprung her. Drei Experten, drei unterschiedliche Meinungen. Typisch! O Gott, was sollte ich nur tun?

Erst mal das nasse Zeug ausziehen. Ja, das war eine gute Idee! Ich schlüpfte aus meiner Schlafanzughose und schmiß sie in Richtung Wäschekorb. Dann trippelte ich mit zusammengekniffenen Beinen ins Schlafzimmer, holte mir ein Handtuch aus dem Schrank und klemmte es mir zwischen die Schenkel. Auf einmal wurde mir ganz heiß. In der Leistengegend verspürte ich ein komisches Ziehen, so als würde ich gerade meine Tage bekommen. Tatsächlich, es wurde ernst. Ich fing an zu schlottern und kroch zu Hans Wilhelm ins Bett. Er war sofort hellwach und schoß hoch: »Was ... was is'n los?«

Ich klärte ihn über meinen Zustand auf. Er wurde vor Aufregung ganz weiß im Gesicht und packte mich am Arm. »Bist du sicher?«

»Natürlich«, sagte ich und klapperte mit den Zähnen. Gleichzeitig wurde mir klar: *So* konnte ich nicht ins Krankenhaus fahren. Erst mußte ich mich wieder sammeln und beruhigen. So lange wollte ich noch zu Hause bleiben, in meinem eigenen Bett. Dort fühlte ich mich geborgen.

Während Hans Wilhelm aufstand und sich anzog, bekam ich meine ersten Wehen. Sie fühlten sich wie Periodenkrämpfe an und waren noch nicht sehr schmerzhaft. Ich konnte gut damit umgehen und schöpfte etwas Hoffnung. Vielleicht war das Ganze ja gar nicht so schlimm. Vielleicht waren all die Schauermärchen und blutrünstigen Geschichten ja erstunken und erlogen. Aber so recht dran glauben mochte ich auch nicht.

Um acht Uhr morgens begann ich zu ahnen, daß die Geschichten wohl doch ganz realistisch waren.

Um neun Uhr ging's mir schon ausgesprochen schlecht.

Um zehn Uhr rief Hans Wilhelm ein Taxi. Schade, ich hatte mir in meinen Träumen immer vorgestellt, daß er mich persönlich in die Klinik kutschieren würde. Aber wir hatten kein Auto, nur zwei verrostete Fahrräder. Und ich war nicht mehr in der Lage, sie zu besteigen.

In der Klinik ließ man uns erst mal eine halbe Stunde im Büro sitzen. Dann hatte die Sekretärin, die Nette, endlich Zeit für uns. Sie nahm meine Personalien auf, forderte Hans Wilhelm auf, sitzen zu bleiben, und übergab mich dann der diensthabenden Hebamme. Die sah aus, als ob sie keinen Spaß verstand. Auf jeden Fall war sie zu jung. Wo war denn die dicke, joviale Hebamme, die uns vor ein paar Wochen die Räumlichkeiten hier gezeigt hatte?

Mein Frauenarzt war nicht da. Der Anästhesist auch nicht. Ich war verärgert. Da hätte ich ja gleich zu Hause bleiben können. Wozu ging man denn in die Klinik? Na, das konnte ja heiter werden!

Die schnippische Person dirigierte mich in einen kleinen, gekachelten Raum. Ich zog mich aus und kletterte schwerfällig auf das frisch bezogene, harte Bett. Beine breit, nur keine falsche Scham... Mein Gott, ging's mir schlecht! Mein Bauch zog sich zusammen und hing wie ein prall aufgepumpter Ballon unterm Nabel. Gleich würde ich abheben.

Die Schnepfe untersuchte mich und runzelte die Stirn.

»Drei Zentimeter. Na ja. Sie haben Glück, daß Sie mich hier überhaupt noch antreffen. Eigentlich sollte ich schon auf der Autobahn Richtung Süden sein. Florenz, drei Wochen, mit meinem Mann. Na, der wird sauer sein, daß ich nicht gekommen bin. Aber meine Ablösung hat mich mal wieder im Stich gelassen. Und das nach so einer Nacht. Ich sage Ihnen, Sie sind schon die Fünfte. Ich habe noch kein Auge zugetan. Und nun das hier...« Sie starrte mißbilligend auf meinen Bauch und zerrte sich den Handschuh herunter. Dann hielt sie mir eines dieser steifen weißen Anstaltshemden vor die Nase und forderte mich auf, es anzuziehen. An so einem Ding hatte ich mir bei anderer Gelegenheit schon mal die Brustwarzen wundgescheuert. Ich war wild entschlossen, diesmal mein eigenes Nachthemd zu tragen, aber sie sagte: »Machen Sie keine Geschichten! Das wird doch ganz blutig.«

Wo blieb denn nur Hans Wilhelm? Konnte er mich denn nicht vor dieser kaltschnäuzigen Zicke beschützen? Gott sei Dank, da kam er endlich! Die Hebamme musterte ihn von oben bis unten und dirigierte ihn dann auf einen Platz, wo er ihr »nicht im Wege« stand.

Um elf Uhr zwängte sie meinen Bauch in einen strammen breiten Gummigurt, klemmte ein paar Meßfühler darunter fest und verabschiedete sich.

»So, jetzt geh ich erst mal eine Tasse Kaffee trinken. Wenn was ist, dann klingeln Sie. Ich schaue nachher wieder rein. Und bleiben Sie ja schön auf dem Rücken liegen, sonst verrutscht das ganze Zeug.«

Weg war sie!

Auf dem Rücken liegen – ein Alptraum für eine hochschwangere Frau. Das Gewicht des Kindes drückte auf meine Hohlvene; mir wurde schwindelig und kotzübel, aber ich traute mich nicht, meine Lage zu verändern. Nach einer Stunde befreite die Schnepfe mich endlich von dem Gurt und untersuchte mich.

»Immer noch drei Zentimeter«, sagte sie.

Ich stöhnte und wollte es nicht glauben.

Sie zuckte gleichgültig mit den Schultern und sagte: »Beim ersten Kind dauert's halt ein bißchen.«

Um halb eins sah ich zum letztenmal auf die Uhr. Danach verlor ich jedes Zeitgefühl.

Ich habe mich schon oft gefragt: Gibt es eine Hölle auf Erden? Jetzt weiß ich es, es gibt eine!

Da steht sie, dieser weibliche Beelzebub, schürt das Feuer und jagt die bösen Geister auf mich los. Von allen Seiten greifen sie mich an, fahren in mich hinein, zerstükkeln und zerfetzen mich. Ich bin Hackfleisch. Hackfleisch in der Pfanne. Heiß, heiß.

Ich habe nie gewußt, daß ich religiös bin, aber jetzt bete ich: Vater unser, der du bist im Himmel, geheiligt werde dein Name, dein Reich komme, dein Wille geschehe, wie im Himmel, so auf Erden... Zehnmal, hundertmal. Ich klammere mich an dieses Gebet wie ein Ertrinkender an die rettende Hand.

Plötzlich klebe ich unter der Decke, sehe meinen halbnackten Körper dort auf dem Bett liegen und fange an zu kichern. Lächerlich, absolut lächerlich! Das träumst du doch bloß alles. In der Ferne höre ich jemanden schreien. Immer wieder. Zwischendurch die ärgerliche Stimme der Hebamme: »Hören Sie doch auf!«

In den wenigen klaren Momenten gesellt sich zu den Schmerzen und der Angst auch noch die Scham. Die Scham, daß ich mich hier so »unmöglich« aufführe, daß ich nicht Herr meiner selbst bin. Ich bin eine Versagerin, ich bin ganz offensichtlich nicht fähig, mein Kind zu gebären!

Ohne Pause jagt das Messer durch meinen Körper. Zwei Ozeane krachen aufeinander, und ich stehe mittendrin.

Ich drehe mich zur Seite und übergebe mich.

Hans Wilhelm ist weiß bis an die Nasenspitze und feudelt mir mit einem naßkalten Lappen durchs Gesicht. Lieber Hans Wilhelm! Geh nicht weg! Verlaß mich nicht! Hau bloß ab! Laß mich doch in Ruhe!

Die Hebamme greift nach einem silbrig glänzenden Gegenstand. Ein Messer? Plötzlich bin ich hellwach und schieße hoch.

»Hinlegen!« kommandiert sie barsch und schneidet. Die Schmerzen jagen ohne Unterbrechung durch meinen Körper, immer schneller, immer schneller, reißen mich in Stücke...

»So, es kommt«, sagt sie mit grimmiger Genugtuung. »Los! Pressen!«

Hans Wilhelm hält mir die Schultern; ich bin zu schwach, um mich aufzurichten. Zu zweit schreien sie auf mich ein – wütend die eine, verzweifelt der andere. Ich presse.

»Falsch, falsch, völlig falsch! Nach unten! Nicht in den Kopf! Ja ist denn das die Möglichkeit?«

Ich nehme allen Mut zusammen und presse noch mal.

»Ja, schon besser so. Weiter, weiter!«

Schmerz und Ekstase. Geburt und Tod. Ganz nah beieinander. Plötzlich stürze ich ab...

Um 16.43 Uhr war es endlich vorbei. (Hurra, die Frau ist tot, es lebe die Mutter!)

Irgend etwas quäkte und schrie da unten zwischen meinen Beinen.

»Ein Mädchen«, sagte die Hebamme geschäftsmäßig. »Herzlichen Glückwunsch.«

Hans Wilhelm nahm mein Gesicht zwischen seine Hände und sah mich an. Er lachte und weinte gleichzeitig.

Glitschig, blutig, feucht, blaurot – um Gottes willen, was war das für ein Wesen, das man mir da auf den Bauch legte? Warum fühlte ich mich nicht eins mit ihm? Ich machte mich unwillkürlich steif.

Doch dann spürte ich plötzlich diesen sehnsüchtigen Rucker am Herzen – wie damals, als ich Hans Wilhelm zum erstenmal begegnet war. Ich entspannte mich und schloß meine Hände vorsichtig um diesen kleinen zerbrechlichen Körper. So nackt, so verletzlich, so rührend.

Gerade begann ich mich an das Gefühl zu gewöhnen, da nahm die Hebamme mir das Kind wieder fort, schlug es in ein warmes Tuch ein und legte es Hans Wilhelm in die Arme. Dann gab sie mir eine Spritze in den Oberschenkel, ballte ihre Hände zu Fäusten zusammen und ging wie ein Preisboxer auf meinen Bauch los. Nach ein paar Minuten forderte sie mich erneut zum Pressen auf, packte das abgeschnittene Ende der Nabelschnur und »zog« die Plazenta aus mir heraus. Ich betrachtete sie mit einer Mischung aus Faszination und Ekel: wie rohe Leber!

Kurz danach trudelte mein Frauenarzt endlich ein. Er gratulierte uns überschwenglich zur Geburt des ersten

Kindes, nähte den Dammschnitt und machte sich dann sehr schnell wieder davon. Time is money.

Annika und ich wurden im Eiltempo fertig gemacht und abtransportiert; die eine ins Säuglingszimmer, die andere auf die Wochenstation. Warum hatte ich mir ausgerechnet diese Klinik ausgesucht? Warum ließ ich zu, daß man mir mein Kind wegnahm?

In der ersten Nacht konnte ich nicht schlafen. Ich wälzte mich von einer Seite auf die andere und versuchte, mit meinen Nachwehen fertig zu werden. Um vier Uhr morgens brachte man uns die Babys zum Stillen. Annika schrie wie am Spieß und kniff beleidigt die Augen zusammen. Ich versuchte sie anzulegen, aber ihr Mund rutschte immer wieder von meiner Brustwarze ab. Verzweifelt klingelte ich nach der Nachtschwester. Die packte das arme, kleine Würstchen am Nacken und zwang es mit Gewalt an meine Brust. Beim Trinken schlief es ein und war nicht mehr wach zu bekommen. Ich rüttelte es zaghaft und brach schließlich in Tränen aus. Als man die Babys wieder abholen wollte, zuckte Annika plötzlich zusammen und fing an zu brüllen. Postwendend bekam ich Ärger mit der Nachtschwester, weil ich ihr ein hungriges Kind abzuliefern wagte!

Alle vier Stunden wiederholte sich dieser Zirkus.

»An *der* werden Sie noch Ihre helle Freude haben«, prophezeite mir eine der Säuglingsschwestern.

Am nächsten Morgen liefen meine Brustwarzen grün und blau an. Am dritten Tag schoß die Milch ein. Ich starrte mit wachsendem Entsetzen auf meinen schmerzenden Atombusen hinunter und mochte mich nicht rühren.

Wenn ich doch wenigstens genügend Milch produziert hätte. Aber aus diesen beiden riesigen Gebilden kam wenig oder gar nichts heraus. (Nun streng dich doch mal an!)

Weil ich offensichtlich zu blöd war, die richtige Technik zu erlernen, durfte ich fortan nur noch unter Aufsicht stillen. Zu diesem Zwecke setzte man eine Schwesternschülerin neben mein Bett. Sie war vier Jahre jünger und noch unerfahrener als ich. Zusammen ergaben wir ein herrliches Gespann. Wenn sich die examinierten Säuglingsschwestern nicht ab und zu erbarmt und meinem Baby ein Fläschchen gegeben hätten, ich glaube, es wäre mir glattweg verhungert.

Hans Wilhelm kam jeden Tag und versuchte mich wieder aufzurichten, aber ich hatte die Heuleritis und war untröstlich. *So* hatte ich mir das alles nicht vorgestellt.

Nach einer Woche packte ich meine Sachen zusammen, zog mit zittrigen Fingern meine Tochter an und stellte mich ans Fenster. Hans Wilhelm wollte uns abholen. *Uns!* Annika und mich. Zum erstenmal fühlte ich mich dem kleinen Wesen da unten in der Tragetasche verbunden.

Zu Hause schlug Annika plötzlich die Augen auf. Ein historischer Moment.

»Ob sie uns sehen kann?« flüsterte ich aufgeregt.

»Glaub ich nicht«, wisperte Hans Wilhelm. »Die können doch erst zwanzig Zentimeter weit gucken.«

Ich beugte mich tiefer über die Tragetasche und versuchte, Annikas Blick zu fangen, aber ihre Augen waren dunkel und unergründlich, wie zwei Brunnenschächte. Plötzlich starrte sie mich an ... verzog das Gesicht ... und fing an zu plärren. Ich prallte entsetzt zurück und kämpfte mit den Tränen. Aber Hans Wilhelm behielt die Nerven.

»Vielleicht hat sie Hunger?« überlegte er. »Leg sie doch mal an.«

Ich zog mich aus, kroch ins Bett und nahm die Kleine in Empfang. Sie fiel wie eine Verdurstende über meine Brust her, verzweifelt, rasend. Es ging um's Überleben. Erst saugte sie an der falschen Stelle und geriet in Panik. Doch dann fand sie endlich meine Brustwarze. Welch ein Bild: Annika schmatzte und stöhnte und fuchtelte mit den Ärmchen in der Luft herum. Ich konnte mich nicht satt sehen an ihr.

Noch am selben Tag radelte Hans Wilhelm zur Apotheke und besorgte uns eine Babywaage. Man hatte uns nahegelegt, das Kind vor und nach den Stillmahlzeiten zu wiegen; auf die Art und Weise konnte man die Trinkmenge ermitteln. Ich war eine schlechte Milchkuh und erfüllte mein Soll selten oder nie. Einen Monat lang machten wir diesen »Wiegeterror« mit. Dann schafften wir das Ding aus dem Haus.

Annika war ein sehr nörgeliges, immer hungriges Baby. Sie trank alle zwei bis drei Stunden eine halbe Stunde lang. Den Rest der Zeit verbrachte ich damit, sie zu wikkeln oder in den Schlaf zu wiegen. Ich fürchtete mich vor ihrem Geschrei, gleichzeitig stand ich an ihrer Wiege, starrte sie an und war unfähig, mich von ihr loszureißen. Ich erlag mit Haut und Haaren der Faszination, die so ein kleines neugeborenes Wesen ausstrahlt. Ich konnte nicht schlafen und verlor rapide an Gewicht. Dieser Zustand zehrte an meiner Substanz, er fraß mich langsam aber sicher auf. Noch nie war ich so erschöpft gewesen. Ich fühlte mich geschunden und verbraucht.

Hans Wilhelm erging es ebenso. Er erledigte die Einkäufe, die Hausarbeit, den Behördenkram. Zwischendurch kümmerte er sich um die Kleine, schob sie durch den Park oder badete sie. Ein sieben Pfund schweres Baby streckte uns – zwei erwachsene Menschen – total zu Boden. Es war nicht zu fassen.

Man hatte uns betrogen. Man hatte uns Sand in die Augen gestreut. Wo war das Kind unserer Träume? Wo war das süße kleine Reklamebaby, das nie schrie, anstandslos trank und mit auslaufsicheren Höschenwindeln und aprilfrischer Wäsche bekleidet in einer zweihundert Jahre alten Familienwiege schlief?

Statt dessen waren wir im Besitz eines ewig unzufriedenen, ständig vollgespuckten, naßgepullerten und pickeligen Ausnahmesäuglings.

Ich war total desillusioniert. Mehr noch, ich fühlte mich verraten und verkauft!

Gleichzeitig plagten mich entsetzliche Schuldgefühle. Warum war mein Kind so unzufrieden? Gab ich ihm nicht genügend Liebe und Fürsorge? War ich eine »schlechte« Mutter? War ich eine ... Versagerin?

Zu den Selbstzweifeln gesellte sich auch noch die

Scham. Ich war immer ein positiv denkender Mensch, aber in letzter Zeit entdeckte ich eine neue Seite an mir: ein faules, wehleidiges, undankbares Weib, das nichts anderes als seine Ruhe haben wollte. Ich war restlos fertig mit den Nerven.

Dabei war ich eigentlich noch gut dran, Hans Wilhelm trug schließlich seinen Teil dazu bei. Was wäre gewesen, wenn ich einen Pascha zum Mann gehabt hätte, einen Typen, für den ich hätte kochen und putzen und waschen müssen? Was wäre gewesen, wenn ich noch ein oder zwei nervige Kleinkinder am Rockzipfel hängen gehabt hätte? Ich glaube, ich hätte mich gleich begraben lassen können. Das wäre nicht zu überleben gewesen.

In unserer Not rannten wir zum Kinderarzt und klagten ihm unser Leid. Er wollte sich halb totlachen. Nachdem er Annika gründlich untersucht hatte, gab er uns den väterlich-jovialen Rat: »Gegen das Gebrüll hilft nur eins: rausgehen und Tür zu!«

Leider hatten wir mit dieser Methode keinen Erfolg. Nachdem Annika sich dreieinhalb Stunden lang heiß geschrien hatte (und zum Schluß auch noch blau anlief), gaben wir entnervt auf.

Bei der Mütterberatung hatte man schon mehr Verständnis für unsere Probleme. Dort gab man uns den Tip, Annika vor den Stillmahlzeiten ein bis zwei Löffelchen Brei zu verabreichen. Aber das war leichter gesagt als getan. Sie bekam einen hysterischen Anfall, als wir ihr das pappige Zeug in den Mund stopfen wollten. Zum Schluß waren wir alle drei von oben bis unten mit Brei beschmiert und restlos fertig mit den Nerven. Es gab kaum ein Mittel, das wir nicht im Laufe der Zeit ausprobierten: von der Wärmflasche über Baldriantropfen bis hin zum (sinnlosen) Klaps auf den Po. Aber nichts half, Annika brüllte weiter.

Zwei Wochen nach der Geburt bekam ich Post vom Jugendamt. Ich konnte mir schon denken, was die von mir wollten. Und richtig: Ich wurde aufgefordert, im Amt zu erscheinen – zwecks Feststellung der Vaterschaft. (Jede ledige Mutter muß dort antanzen, ob sie will oder nicht.) Hans Wilhelm und ich packten den Stier gleich bei den Hörnern und machten uns auf den Weg.

Das Büro des zuständigen Sachbearbeiters lag im dritten Stockwerk. Es gab natürlich keinen Fahrstuhl. Keuchend schleppten wir den Kinderwagen die sechs Treppen hoch. Der gute Mann war sehr erstaunt, daß ich den Vater vom Ganzen gleich mitgebracht hatte. Er raschelte in seinen Papieren und räusperte sich nervös. Dann wollte er wissen, ob ich in dem betreffenden Zeitraum vor neun Monaten noch Verkehr mit anderen Männern gehabt hätte. Ich verneinte diese Frage empört. Er prallte zurück, hakte aber noch mal nach: »Sind Sie sicher?«

»Selbstverständlich bin ich sicher!« giftete ich.

Er machte eine beschwichtigende Handbewegung: »Schon gut. Schon gut. Ich glaube Ihnen ja. Außerdem: *Uns* ist es ganz egal, *wer* sich zur Vaterschaft bekennt. Hauptsache, es tut überhaupt einer.«

Ich sah ihn finster an und schwieg.

In der nächsten halben Stunde mußten wir noch so manchen Brocken schlucken. Ab sofort wurden Annikas Interessen durch einen sogenannten »Amtspfleger« vertreten. Seine Aufgabe bestand unter anderem darin, die Alimente einzutreiben und den Kindsvater, sollte er sich störrisch und unkooperativ verhalten, wieder zur Räson zu bringen. Wir legten keinen Wert auf die Dienste jenes Herrn, waren aber leider nicht autorisiert, sie abzulehnen.

Zu Hause brach ich in Tränen aus. Wir würden niemals eine »normale« Familie sein, weder für unsere Verwandtschaft noch für die Gesellschaft. Und für Vater Staat schon gar nicht. Ich fühlte mich so machtlos. Gesetzt den Fall, mir stieße etwas zu: Würde man Hans Wilhelm das Kind wegnehmen oder nicht? Bislang war ich immer davon ausgegangen, daß keine Macht der Welt uns trennen konnte, aber mittlerweile glaubte ich nicht mehr so recht daran.

Nach und nach wurde mir klar, daß ich ohne eine vollständige gesellschaftliche und staatliche Anerkennung nicht leben konnte, jedenfalls nicht auf Dauer. Dazu war ich viel zu brav.

Einen Tag später machte ich Hans Wilhelm einen Heiratsantrag. Ich brauchte ihm nicht erst groß die Pistole auf die Brust zu setzen. Er sagte, daß er mich sehr gerne heiraten würde, und überhaupt, warum nicht?

Nachdem wir dann in den Hafen der Ehe eingelaufen waren, wurde uns von familiärer und staatlicher Seite die Absolution erteilt. Ich atmete erleichtert auf. Eine Sorge weniger.

Ansonsten lebten wir im Dauerstreß. Im Oktober nahmen wir unser unterbrochenes Studium wieder auf. Hans Wilhelm konstruierte wieder fleißig Kegelstirnradgetriebe, Proportionalventile und andere exotische Dinge. Ich selbst packte Annika samt Wickeltasche, Beruhigungssauger, Teefläschchen, Babyrassel, Quietscheentchen, Spucktuch und Wolldecke in ihren Kinderwagen. Unten auf dem Gitter deponierte ich meine Entwurfsmappe und den Werkzeugkasten mit all meinen Pinseln und Stiften. Meine persönlichen Sachen – Portemonnaie, Taschentücher, Stilleinlagen, Ersatzpullover – trug ich auf dem Rücken. So machten wir uns auf den Weg. In der Uni wurden wir überschwenglich begrüßt. Meine Kommilitonen beugten sich über den Kinderwagen und begutachteten das »Endprodukt« kritisch-distanziert.

»Süß. – Bißchen wenig Haare, was? – Hat es immer diesen komischen Stöpsel im Mund? – Niedlich. – Kann es auch schon Mama sagen? – Wie läuft's denn so?«

Ich sah sie an und wußte nicht, ob ich lachen oder weinen sollte. Uns trennten Welten!

Zwei- bis dreimal pro Woche wiederholte sich das Spielchen. Ich ging zu den wichtigsten Besprechungen, nahm ein paar Korrekturtermine wahr und erledigte die dringendsten Arbeiten direkt vor Ort. Wenn Annika unruhig wurde, packte ich meinen Kram wieder zusammen und zockelte nach Hause. (Gott sei dank hatten wir es nicht weit.) Wenn sie nach dem Stillen endlich einschlief, arbeitete ich weiter.

Aber ich war keine Superfrau. Ich lief mit fettig hängenden Haaren herum, war mürrisch und reizbar – und immer müde. Ich ging meinen Kommilitonen aus dem Weg. Ich konnte ihre oberflächliche Art, ihre albernen Späße, ihr ewiges »Mann-bin-ich-im-Streß«-Gestöhne nicht mehr ertragen.

Außerdem hatte ich keinen Unterleib mehr. Ja, wirklich, der war mir bei der Entbindung irgendwie abhanden gekommen. Mein Geschlechtsleben war gleich Null. Hans Wilhelm und ich schliefen zwar Hand in Hand ein, aber Sex...? Das konnte man getrost vergessen. Ob es allen frischgebackenen Müttern so erging? Ob sich das jemals wieder ändern würde?

Manchmal packte mich die Verzweiflung. Ich wollte so vieles: studieren, Mutter, Kameradin und Geliebte sein. Aber ich packte das alles nicht.

Es dauerte eine Weile, bis ich gelernt hatte, nicht zu viel von mir zu verlangen, die Dinge auf mich zukommen zu lassen, nicht so weit in die Zukunft zu schauen. Was nicht zu schaffen war, mußte eben liegenbleiben, basta! Was konnte uns schon passieren? Irgendwie würde das Leben immer weitergehen. Gemeinsam, Seite an Seite, würden Hans Wilhelm und ich es schaffen.

Nach ein paar Monaten hatten wir uns einigermaßen an die neue Situation gewöhnt. Annika gab das Quengeln und Schreien auf und entwickelte sich zu einem richtigen Sonnenscheinbaby. Als sie ein halbes Jahr alt war, fing sie an zu krabbeln. Voller Inbrunst machte sie sich über unsere Jaffakistenregale her. Alles, was nicht niet- und nagelfest war, wurde herausgerissen, angestiert und schließlich mit einem wollüstigen Grunzen in den Mund gestopft. Wir waren ständig hinter ihr her!

Mein größter Kummer war ihre Figur. Aus dem niedlichen Siebenpfünder war mittlerweile ein zehn Kilogramm schwerer Brocken geworden. Ein Speckröllchen jagte das nächste. Sie sah wie ein kleiner glatzköpfiger Buddha aus. Dabei war sie doch ein reines Brustkind. Von wem hatte sie das bloß? Hans Wilhelm war ein Spargeltarzan, ich selbst eine dürre Bohnenstange; so viel geballte Erbmasse hätte sich doch eigentlich in Annika niederschlagen müssen. Aber denkste!

Nach dreizehn Monaten tat sie ihre ersten, wackeligen Schritte. Fortan packten wir sie jeden Nachmittag aufs Fahrrad und fuhren mit ihr zu einem großen Spielplatz im Stadtpark. Dieser Spielplatz wurde unsere zweite Heimat. Dort lernten wir viele andere Eltern kennen, darunter auch einige Studentenpärchen mit Kindern.

Nach und nach stellte sich heraus, daß die anderen ganz ähnliche Erfahrungen gehabt hatten wie wir. Auch ihnen waren die zeitweiligen Haßgefühle gegenüber ihren Kindern nicht unbekannt. Auch sie mußten erst nach und nach lernen, diese fremden kleinen Wesen, die doch biologisch und körperlich ein Teil von ihnen waren, zu lieben.

Irgendwann fingen wir an zu begreifen, daß die Geburt einer Familie ein ungeheurer, alles verzehrender Prozeß ist, der sich über Monate und Jahre hinzieht. Kein Wunder, daß es uns total aus der Bahn geworfen hatte!

Der ständige Dialog mit den anderen Eltern, dieses Aussprechen und Verstandenwerden, half Hans Wilhelm und mir über das Gröbste hinweg. Wir standen mit unseren Gefühlen nicht allein da. Unsere einjährige soziale Isolation hatte somit ein Ende.

Man konnte fast sagen: Friede, Freude, Eierkuchen! Aber eben nur fast. Es gab drei Dinge, an die wir uns immer noch nicht gewöhnt hatten (und wahrscheinlich auch nicht mehr gewöhnen würden): Wir konnten nie mehr ausschlafen; wir konnten nie mehr durchschlafen; wir konnten nie mehr ausruhen.

Unser Leben war vollkommen umgestülpt. Aber es hatte sich gelohnt. Trotz allem.

Nackte und Beknackte

Seit ich Mutter bin, verändert sich meine Betrachtungsweise der Welt. Einerseits werde ich kritischer, andererseits verteidige ich meine Auffassungen nicht mehr jedem gegenüber.

Mein Graphik-Design-Studium ging mir gehörig auf den Wecker; darum wollte ich es so schnell wie möglich beenden. Nur noch eine Semesterarbeit, dann konnte ich mich endlich an die Zulassungsarbeit und das Diplom machen.

Zunächst brauchte ich ein Thema für mein Semesterdingsbums. Werbung für Babywindeln oder Milchpulver, fiel mir ganz spontan ein. Aber im nächsten Moment verwarf ich diesen Gedanken schon wieder. Schließlich war ich ein absoluter Stillfanatiker. Wie konnte ich da für Kunstnahrung werben? Und Höschenwindeln benutzten wir auch nicht mehr; der letzte Umweltbericht im »Spiegel« hatte uns gründlich die Augen geöffnet.

Werbung für Alkohol, Zigaretten, Waschmittel, Kosmetik und Autos schloß ich von vornherein aus. Das konnte ich nicht mit meinem Gewissen vereinbaren. Werbung für Fressalien und Getränke hatte ich schon im letzten Semester vor Annikas Geburt gemacht. Und Werbung für Möbel, Schmuck und Textilien interessierte mich nicht.

Überhaupt, die ganze Produktwerbung hing mir neuerdings zum Hals heraus. Was war denn so toll an den Nackten und Beknackten, die eine Flasche Geschirrspülmittel abknutschten, ein Paket Damenbinden anhimmelten oder auf irgendwelchen Autos herumsteppten? Mit sachlicher Information hatte das Ganze doch nichts mehr zu tun. Eher mit Verarschung.

Und ich hatte mich auch noch sechs Semester lang an diesem Schwachsinn beteiligt. Ich gestehe es reumütig. Das, was ich früher witzig und originell (oder einfach nur lächerlich) fand – die nackte Blöde auf dem Kühlschrank, die schöne Doofe unterm Solarium, ging mir auf einmal total gegen den Strich. So viel Sexismus, so viel Plattheit beleidigte mein Auge und mein Hirn. Wer fiel denn schon auf so was herein? (Wahrscheinlich mehr Leute als mir lieb waren.)

Ich war auch sauer auf die Frauen, die sich dazu hergegeben hatten. Merkten sie denn nicht, wie sie durch den Kakao gezogen wurden? Also, ich würde mich nie nackt auf einem Konferenztisch lümmeln, nur für ein paar schnelle Mark oder eine Anzeigenseite in diesen Boulevardblättern. Und das hatte nichts mit Prüderie zu tun. Ich war durchaus bereit, mich auch mal auszuziehen, aber nur für einen guten Zweck oder im Dienst von Wissenschaft und Kultur. (Vor zwei Jahren spielte ich sogar mit dem Gedanken, mich in der Uni als Aktmodell zu verdingen, aber der zuständige Typ in der Abteilung »Kunst« meinte, ich wäre zu dünn. Die suchten mehr was in Richtung Barock, also was Fülliges, Fleischiges. Unter siebzig Kilo war da nichts zu machen.) Also, keine Produktwerbung!

Werbung für einen Reiseveranstalter? Nein, ging auch nicht. Der Massentourismus hatte schon zu viele Landstriche verschandelt und ganze Kulturen zerstört. Daran wollte ich nicht mitschuldig werden.

Was blieb dann noch? Für irgendeine Idee werben? Eine Fitneß- oder Antiraucherkampagne konzipieren? Zum Energiesparen oder Blutspenden aufrufen?

Die rettende Idee kam mir am nächsten Tag beim Reifenflicken. Natürlich, ich würde eine Fahrradkampagne, eine »Radel-mit«-Kampagne starten. Ein Superthema! Da konnte ich alles hineinlegen: Umweltproblematik, Technik, Freizeit, Sport, Fitneß, Humor und nicht zuletzt meine persönliche Erfahrung. Ich war begeistert!

Jetzt mußte ich mir nur noch einen passenden Dozenten aussuchen. Eigentlich konnte ich es mal mit dem Kaltenhäuser probieren. Der war neu an der Uni, und neue Besen kehren ja bekanntlich gut.

Am nächsten Tag band ich mir Annika vor die Brust und machte mich auf den Weg.

Kaltenhäuser war ein typischer Werbeheini. Er stand auf nackte Weiber, schnelle Autos und teure Armbanduhren. Nachdem er eine florierende Agentur aufgebaut hatte, strebte er nach höheren, akademischen Weihen und ließ sich zum Professor küren. Sein beruflicher Erfolg öffnete ihm alle diesbezüglichen Türen. Er trug einen großkarierten Sakko und näselte so affektiert wie ein Günstling am Hofe von Louis XIV.

Meine Idee mit der Fahrradkampagne fand er ganz brauchbar. Ich sollte mich erst mal hinsetzen und ein Konzept erarbeiten. Dann würde man weitersehen.

Den Säugling vor meiner Brust bedachte er mit ein paar irritierten Blicken. Als wir uns verabschiedeten, zeigte er plötzlich mit dem Finger auf mein indisches Tragetuch.

»Gehört der zu Ihnen?« fragte er und bemühte sich, liebenswürdig zu wirken. Sein sonst so blasiertes Gesicht wurde von einem spröden Lächeln zerrissen. Ich nickte und klärte ihn über Annikas wahres Geschlecht auf. Dann fiel ihm nichts mehr dazu ein.

Nach dem Motto »Je eher daran, desto eher davon!« setzte ich mich gleich an die Arbeit. Also, zunächst mal brauchte ich eine Kommunikationsstrategie. Das hieß: Ich mußte den Ist-Zustand analysieren, den Soll-Zustand definieren, die Medien und die Gestaltungsplattform festlegen und einen Netzplan erstellen. Nach einer halben Stunde war ich fertig.

Ich frohlockte. Da mußte ich erst Mutter werden, um endlich rationell arbeiten zu lernen. Früher hätte mich dieser geistige Kraftakt mindestens drei Wochen gekostet. Da ich gerade so schön in Gang war, machte ich gleich weiter. Jetzt brauchte ich unbedingt ein paar gute Slogans. Witzig sollten sie sein, auf gar keinen Fall sexistisch. Mir fiel allerhand Schrott ein, aber auch ein paar ganz brauchbare Sachen. Nachdem ich meine Ideen zu Papier gebracht hatte, machte ich erst mal Feierabend. Es gab schließlich noch andere Dinge auf der Welt, zum Beispiel meine kleine Tochter, die gerade aufwachte und lautstark nach ihrer Mittagsmahlzeit verlangte.

Abends packte mich schon wieder die Arbeitswut. Ich verzichtete großmütig auf meine Lieblingsserie »Drei Engel für Charlie« und machte mich an die Gestaltungskonzeption: Ideen niederskribbeln, bildnerische Mittel festlegen, erste Vorentwürfe anfertigen.

Kaltenhäuser sah meine dicke Mappe und war begeistert. So ein Arbeitseifer war ihm in seiner kurzen akademischen Karriere noch nicht untergekommen. Und dabei war ich doch eine vielbeschäftigte Mutter!

Während ich ihm meine Vorentwürfe hinblätterte, wurde er jedoch immer stiller. Nachdenklich spielte er mit seinem schwarz-goldenen Designerkugelschreiber, räusperte sich alle Augenblicke und unterbrach mich schließlich: »Also, es tut mir leid, aber ich glaube, Sie haben sich da in etwas verrannt...«

Ich wurde knallrot und wäre am liebsten im Boden versunken. »Wieso... was ist denn?« fragte ich entgeistert.

Kaltenhäuser breitete meine drei doppelseitigen Anzeigen vor sich aus und griff zum Rotstift.

»Sehen Sie, hier... Der Slogan *Nach dem ersten Platten kann nichts Außergewöhnliches mehr passieren!* gefällt mir sehr gut, aber daß Sie dann eine grün-alternative Emanze den Reifen flicken lassen, macht die Sache wieder langweilig. Der traut man so was nämlich durchaus zu. Verstehen Sie: Der Witz kommt nur rüber, wenn Sie neben das auseinandergebaute Rad eine Person setzen, die von Fahrrädern normalerweise keine Ahnung hat.«

Ich konnte mir schon denken, worauf der hinauswollte. Ein halb oder ganz nacktes Luxusweib sollte den Schraubenschlüssel schwingen. Aber nicht mit mir, mein Lieber!

Auf Anzeige Nr. 2 war ein wogendes Kornfeld zu sehen. Mittendrin lag ein leicht alternativ angehauchtes Pärchen, das die Beine übereinandergeschlagen hatte und sich genüßlich die Sonne ins Gesicht scheinen ließ. Vorne lagen zwei Fahrräder im Gras. Diese Szene hatte ich sehr treffend mit dem Slogan *Das Bett im Kornfeld ist breiter als ein Liegesitz!* kommentiert.

Kaltenhäuser fand die Idee mit dem Liebespaar unheimlich gut, hielt es aber für unwahrscheinlich, daß die beiden in dieser Situation noch voll bekleidet waren. Im Interesse der Glaubwürdigkeit plädierte er für eine leichtere oder gar keine Kleidung. Also, der Mann litt echt unter einer Zwangsneurose. Das war doch nicht normal!

Anzeige Nr. 3 fand er soweit in Ordnung. Ein glatzköpfiger, stiernackiger Mann mittleren Alters lümmelte sich in einen zerschlissenen Ohrensessel. In der einen Hand hielt er eine halb ausgetrunkene Bierflasche, in der anderen die Fernbedienung seines Fernsehers. In der Glotze lief gerade ein Film über das Fahrradfahren in Gottes freier Natur. *Warum nicht mal die TV-Tour ins Grüne verlegen?* hieß der Slogan. Kaltenhäuser riet mir, dem Typen auch noch einen dicken Bierbauch, aufgekrempelte Hemdsärmel und karierte Filzpantoffel zu verpassen. Der sollte so richtig behäbig und versoffen aussehen, so als hätte er ein bißchen körperliche Bewegung dringend nötig.

Mit diesen drei Empfehlungen schickte er mich wieder nach Hause.

Ich war sauer! Sollte ich mir tatsächlich von diesem Werbeheini meine schönen Anzeigen kaputtmachen lassen? Sollte ich wirklich auf seine Linie einschwenken und mich mitschuldig machen an der Diskriminierung des weiblichen Geschlechts? Mein Herz sagte nein, aber mein Kopf stellte ein paar ganz nüchterne Überlegungen an. Wenn ich nicht mitspielte, würde ich meinen Schein nicht bekommen, und dann würde die Nerverei hier an der Uni noch ein Semester länger dauern. Das war mehr, als ich ertragen konnte.

Eine ganze Woche lang plagte mich das schlechte Gewissen. Dann entschloß ich mich zu einem Kompromiß.

Der Lady mit dem demontierten Rad zog ich ein knallenges Jeanskleid an. Kurz und sexy, aber garantiert ohne irgendwelche Einsichten.

Das Pärchen im Kornfeld strich ich ganz von meiner Liste. Dafür flog in hohem Bogen eine neckische Sandalette aus den wogenden Ähren heraus... Das war eindeutig zweideutig. Zum Schluß verpaßte ich dem Typen vor der Glotze noch sein inaktives Schmuddelimage. Dann schlug ich die Mappe schnell zu und verstaute sie ganz oben und weit hinten auf unserem Kleiderschrank.

Zutiefst angewidert und innerlich rebellierend knallte ich Kaltenhäuser die neuen Entwürfe auf den Tisch.

»Ah, wunderbar, schon viel besser!« lobte er und griff zum Rotstift. »Wenn Sie jetzt noch das Kleid hier ein bißchen kürzer machen... und statt Blau eine andere Farbe wählen... Rot vielleicht... Rot steht für Lebenskraft, Feuer, Liebe, Energie, Hitze, Triebhaftigkeit, Aktion, Entschlossenheit, kurz: für das volle Leben. Nehmen Sie Rot, dann ist's perfekt!«

Während er der Tussi ein rotes Kleid verpaßte, machte sich langsam Resignation in mir breit. Wozu kämpfen, wozu sich aufregen? Dieser Chauvi würde seine Meinung doch nicht ändern.

»Und weg mit dem fliegenden Jesuslatschen in der zweiten Anzeige«, fuhr er fort. »Damit reißen Sie höchstens einen Scheintoten vom Hocker. Nein, daß muß prickeln vor Erotik, knistern vor Sex, schäumen vor Sinnlichkeit... Ein hemmungsloser Aufschrei... Orange! ...ein oranger Stöckelschuh wäre nicht schlecht. Und einen hohen Absatz muß er haben, mindestens zehn Zentimeter!«

Nun hatte er mich genau da, wo er mich von Anfang an haben wollte, in der männlich-chauvinistischen Ecke.

Warum ließ ich mir das gefallen? Warum verteidigte ich meine Ansichten und Überzeugungen nicht mehr? Hatte ich etwa keinen Mumm in den Knochen? Oder war ich schon so frustriert, daß mir alles egal war?

Ach, was soll's. Ich war nicht länger bereit, meine kostbare Zeit zu vergeuden und mein ohnehin angegriffenes Nervenkostüm vollends zu ruinieren – noch dazu wegen eines fiktiven Projekts. Dem Typen war eh nicht zu helfen. Sollte er doch seine Nackten und Beknackten bekommen. Mir war's inzwischen egal.

Beim Abschied beugte er sich plötzlich zu Annika hinunter, kitzelte sie versuchsweise am Bauch und sagte: »Killekille. Ei, was bist du für ein braves Mädchen.«

Sie sah ihn mit großen erstaunten Augen an, rülpste einmal kurz und spuckte ihm dann einen Schwall geronnene Milch auf den karierten Ärmel. Strafe muß sein!

Aufklärungsarbeit

Es gibt ein Thema, das mich schon als Kind brennend interessiert hat: »Wo kommen die Babys her?«

Meine Mutter gab sich reichlich Mühe, meine neugierigen Fragen wenigstens halbwegs zu beantworten. Da man damals die Dinge aber noch nicht beim Namen zu nennen pflegte, verstand ich nur Bahnhof. Meine älteren Geschwister tischten mir – kichernd und glucksend – das Märchen vom Storch auf. Die Geschichte erschien mir reichlich unwahrscheinlich; da es mir aber an Gegenargumenten fehlte, mußte ich sie wohl oder übel akzeptieren.

Mit *meinen* Kindern sollte dann alles ganz anders werden. Geduldig und voller Liebe wollte ich sie an das Thema heranführen. Keine ihrer Fragen wollte ich unbeantwortet lassen. Ehrlich und offen wollte ich sein.

Es kam dann aber doch ganz anders.

Nach langem Hin- und Herprobieren hatten Hans Wilhelm und ich es endlich geschafft: Wir waren zum zweitenmal schwanger. Das Baby würde Ende August zur Welt kommen. Jetzt hatten wir Mitte Dezember.

Auf dem Heimweg vom Frauenarzt radelte ich bei der Stadtbücherei vorbei. Zum Thema »Aufklärung« fand ich gleich 25 Bücher. Drei Bildbände klemmte ich mir nach flüchtiger Musterung unter den Arm.

Jetzt hatte ich nur noch den Wunsch, möglichst schnell nach Hause zu kommen und Annika die freudige Nachricht zu überbringen. Sie war jetzt knapp zweieinhalb Jahre alt, und ich hielt sie schon für recht verständig. Sie würde sich bestimmt riesig freuen.

Auf die sensationelle Nachricht reagierte sie jedoch nur mit der flüchtigen Bemerkung: »Das find' ich ja dut.«

Gut – war das etwa alles? Nun ja, vielleicht hatte sie mich nicht richtig verstanden?

»Annika!« sagte ich eindringlich. »Wir bekommen im

nächsten Sommer ein Baby. Ein richtiges, lebendiges Baby. Hast du das auch verstanden?«

Sie nickte eifrig. »Ja, ein Baby, in dein' Bauch. Duuu, Mamaaa, Papa und ich haben Puppentleider dewaschen. Die waren schon danz deckich...«

»Annika«, flehte ich und zerrte meinen Pullover hoch. »Da drin wächst ein Kind, *unser* Kind. Kannst du dir das vorstellen? Es ist noch ganz klein. Nicht größer als ein Punkt. Aber es wächst und wächst, und bald ist es so groß wie deine Puppe. Dann hat Mama einen ganz dicken Bauch. So sieht das aus.« Zur Demonstration schob ich den Magen vor.

Sie sah mich leicht verwundert an. »Und dann is' der danze Schaum über'n Rand delaufen, und Papa mußte alles mit'm Feudel aufwischen.«

»Na, das ist ja wirklich ein starkes Stück«, sagte ich leicht verbittert zu Hans Wilhelm. »Monatelang nervt sie uns von früh bis spät, sie will auch so ein süßes Baby haben wie Julia und Katrin und all ihre Sandkastengespielinnen. Und wenn es dann soweit ist... wenn es *endlich, endlich* soweit ist... dann freut sie sich noch nicht mal.«

»Laß doch, Ulla«, tröstete Hans Wilhelm mich. »Sie ist einfach noch zu klein. Paß mal auf, demnächst wird sie dir Löcher in den Bauch fragen. Du kennst sie doch.«

Halbwegs versöhnt hockte ich mich neben Annika auf den Teppich.

»Schau mal, was ich dir aus der Bücherei mitgebracht habe«, schmeichelte ich und breitete die drei Bildbände vor ihr aus. Interessiert rückte sie ein Stück näher und fing an, darin zu blättern. Bücher waren ihr ein und alles. Aufgeregt und voller Liebe sah ich sie an. Gleich würden sie kommen, die Fragen, die ich schon so lange erwartet und erhofft hatte. Innerlich war ich gut vorbereitet.

Annika blätterte und blätterte. Und blätterte und blätterte.

Als nach drei Minuten immer noch keine Reaktion von ihr kam, wurde ich nervös. Vielleicht mußte ich ihr ein wenig auf die Sprünge helfen.

»Schau mal«, sagte ich und deutete auf das doppelseitige Hochglanzfoto eines neugeborenen Babys. Schmierig, blutig und blaurot lag es auf dem Bauch seiner Mutter.

Sehr appetitlich sah das nun wirklich nicht aus. Eher schrecklich und furchterregend. Bestimmt nicht der richtige Einstieg für so ein kleines Kind wie Annika. Ich täuschte einen Hustenanfall vor und blätterte schnell weiter. Frau in den Preßwehen, Frau am Wehenschreiber, Frau beim Einlauf, alles nicht das richtige.

Ah, hier wurde es schon besser: Baby in der Gebärmutter. Ein Foto von diesem Schweden, wie hieß er doch gleich? Aufatmend lehnte ich mich zurück, ließ Annika schauen und wartete auf ihre Fragen.

»Wann dibt's Abenbrot?« fragte sie und schlug das Buch zu.

Ich brauchte noch den ganzen Abend, um meine Fassung wiederzufinden. Die hatte ich nämlich vorübergehend verloren.

Am nächsten Tag zwang ich mich zu absoluter Ruhe. Das bewußte Thema schnitt ich nicht mehr an.

Meine selbst auferlegte Gelassenheit wurde umgehend belohnt. Als ich mich nachmittags auf den Weg zum Einkaufen machte, schmetterte Annika mir ein »Tschüß, Mama! Tschüß, Baby!« nach. Obwohl ich den leisen Verdacht hatte, daß sie diesbezüglich von ihrem Vater instruiert worden war, freute ich mich doch unheimlich.

In den nächsten Wochen hatte ich alle Hände voll zu tun. Mindestens dreimal am Tag hing ich über der Kloschüssel; mein Magen wollte partout nicht so wie ich. In Anbetracht dieser Tatsache war es mir herzlich egal, ob Annika sich nun für meine Schwangerschaft interessierte oder nicht. Erst als es mir wieder besser ging, registrierte ich, daß sie nach und nach das Baby in ihre Pläne mit einbezog. Pumuckl sollte es heißen oder Rosenrot. Und die Wiege sollte unbedingt neben ihrem eigenen Kinderbettchen stehen. Eines Tages fragte sie mich beiläufig, wie denn das Baby überhaupt in meinen Bauch hineingekommen sei.

Ich spürte, meine große Stunde war gekommen.

»Nun«, räusperte ich mich. »Papa und ich kuscheln doch manchmal nackedei zusammen, nicht? Da küssen wir uns... und streicheln uns... und küssen uns... Und wenn wir uns dann ganz besonders liebhaben, schiebt Papa seinen Penis in meine Scheide rein. Das ist unheimlich schön und macht Spaß.« (Merke, auch brave Muttis mögen Sex!)

Verärgert registrierte ich, daß es mir schwerfiel, diese Dinge auszusprechen. Wer hätte das gedacht? War ich etwa genauso spießig und verklemmt wie die Generation meiner Eltern?

Jetzt nur keinen Biologieunterricht. Immer schön locker und lustig.

»Und dann kommen aus Papas Penis ganz viele kleine Samen heraus. Die flitzen um die Wette zu einem klitzekleinen Ei in meinem Bauch. Das schnellste Samenfädchen hat gewonnen und ist Sieger. Schwuppdiwupp ist es in das Ei hineingekrabbelt und läßt kein anderes mehr herein.«

Annika sah mich unbehaglich an. Bestimmt hatte sie kein Wort verstanden; aber immerhin hörte sie zu.

»Dieses Ei«, fuhr ich fort, »wandert dann in eine Extratasche in meinem Bauch, in die *Gebärmutter*, und dort wächst daraus ein... na? Ein... na?« Erwartungsvoll sah ich sie an. Sie zog den Kopf ein und sah aus wie ein unvorbereiteter Kandidat im Examen.

»Ein Baby«, vollendete ich triumphierend.

Endlich, endlich war ich sie los, meine Geschichte. Mein Kind war aufgeklärt. Der Bann war gebrochen. Nun konnte ich wieder ruhig schlafen.

Entspannt kam ich zum Ende: »Das Baby wächst neun Monate im Bauch. Dann wird es ihm zu eng, und es kommt durch die Scheide heraus. Es wird *geboren*. So war das mit dir, so war das mit mir, so ist das mit jedem Menschen auf der Welt.«

Bevor ich noch pathetischer werden konnte, brach ich ab. Sie saß wie ein Häufchen Elend da und wich meinem

Blick aus. Je länger sie schwieg, desto unsicherer wurde ich.

»Annika«, drängelte ich schließlich. »Wie findest du das denn nun?«

»Das find' ich ja dut«, seufzte sie gequält.

Zutiefst verletzt zog ich mich von ihr zurück. Den ganzen Nachmittag grübelte ich vor mich hin. Ob ich sie mit der Geschichte zu sehr überfordert hatte? War ihr das Ganze etwa peinlich? Oder, Schreck laß' nach! – *interessierte* sie das alles gar nicht?

Wie auch immer: Das Kind wollte offensichtlich seine Ruhe haben. Das mußte ich endlich akzeptieren.

»Mein armer Schatz«, sagte ich am nächsten Morgen. »Da verfolge ich dich mit meinen Geschichten, und du kannst dich nicht dagegen wehren. Paß' mal auf! Ich verspreche dir jetzt ganz, ganz fest, nie wieder damit anzufangen. Einverstanden?«

Sie lächelte mich erleichtert an. »Toll, Mama. Aber nu' los! Wir woll'n zum Spielplatz.«

Ich hielt Wort und verzichtete in Zukunft darauf, Annika »restlos« aufzuklären. Statt dessen las ich Hans Wilhelm ellenlange Artikel aus den Info-Broschüren für werdende Mütter vor. Daß er mir so geduldig zuhörte, war Balsam für meine Seele.

(Nebenbei bemerkt: Als ich später Maren erwartete, krähte kein Hahn mehr nach meinen Geschichten.

Annika winkte gleich ab, wenn ich zu irgendwelchen Erklärungen anhob: »Weiß ich doch schon alles.«

Klein Henning zerfetzte nur vergnügt die Babyfotos in den Hochglanzbroschüren und fand alles »da-da«.

Hans Wilhelm, der gerade seine Diplomarbeit machte, hatte sowieso andere Dinge im Kopf.

Eins ist klar: Wenn Maren erst mal soweit ist, *werde ich sie aufklären*, ob sie nun will oder nicht. Basta!)

Die zweifache Mutter

Warum bekomme ich ein zweites Kind? – Ganz klar, das erste braucht Gesellschaft!

Nachdem ich mich enigermaßen von meiner Kotzeritis erholt hatte, mußten wir unseren Hausrat zusammenpakken und ein paar Häuserblocks weiterziehen. Man hatte uns mal wieder »hinaussaniert«. Unsere ehemalige Wohnung bekam isolierverglaste Fenster, Zentralheizung und ein Badezimmer. Dann wurde sie zum dreifachen Preis weitervermietet. Aber leider nicht an uns. Wir konnten uns diese »Luxusherberge« nicht mehr leisten und nahmen mit einer anderen winzigen Dreizimmerwohnung (auch wieder ohne Badezimmer, dafür aber mit zwei bildhübschen Kohleöfen) vorlieb.

Nach dem ganzen Umzugstrubel informierten wir unsere Eltern über das bevorstehende Ereignis. Ehrlich gesagt, wir erwarteten nichts Gutes und zogen schon prophylaktisch die Köpfe ein. Aber sie waren hocherfreut und gratulierten uns überschwenglich. Es gab doch noch eine ausgleichende Gerechtigkeit.

Mittlerweile hatte ich mein Studium beendet und durfte mich Diplomdesignerin schimpfen. Um unsere magere Haushaltskasse aufzubessern, arbeitete ich beim Amt für Statistik als freischaffender Zeichensklave. Ein paar Tage später informierte ich den Leiter des Amtes über meine Schwangerschaft. Als er hörte, daß ich ab August nicht mehr zur Verfügung stehen würde, bekam er ganz traurige Dackelaugen. Natürlich hatte er keine Lust, sich schon wieder einen neuen Graphiker zu suchen. (Und außerdem hatten Annika und ich ein wenig frischen Wind in diese muffigen Amtsstuben gebracht.)

In der zwanzigsten Schwangerschaftswoche belegte ich einen sogenannten Lamaze-Kurs, der mir von Irena, einer Spielplatzbekannten, sehr ans Herz gelegt worden war.

Mein erster Geburtsvorbereitungskurs war ja ein kompletter Reinfall gewesen. Vielleicht kam ich mit den neuen Atemtechniken besser zurecht. Vielleicht, hoffentlich. Nein, ganz bestimmt! (An irgend etwas mußte man sich ja schließlich klammern.)

Ansonsten sah ich der Entbindung relativ gelassen entgegen. Ich hatte die erste überlebt, also würde ich auch die zweite überleben.

Anfang Juli bekam ich wieder Zahnschmerzen, diesmal unten rechts. Voll dunkler Vorahnungen fuhr ich zu meinem Zahnarzt und ließ mich auf seinem Behandlungsstuhl nieder. Er klopfte und hämmerte an meinem degenerierten Gebiß herum, nahm ein paar alte Röntgenbilder zur Hand und machte ein bedenkliches Gesicht: »Oh, das sieht nicht gut aus. Sehen Sie, hier. Diese Aufnahmen haben wir kurz vor Ihrer Schwangerschaft gemacht. Alles vereitert.«

Ich brach in Tränen aus. »Scheiße! Ich hab doch schon beim letzten Kind einen Zahn verloren. Wenn das so weitergeht...«

»Das ist doch Unsinn«, unterbrach er mich entrüstet. »Zwischen Ihren Schwangerschaften und Ihren Zahnproblemen besteht *überhaupt* kein Zusammenhang.«

Er öffnete den Zahn und schickte mich wieder nach Hause. Angeblich sollte sich über Nacht der Druck im Kiefer abbauen. Für den nächsten Morgen versprach er mir schon weitgehende Schmerzfreiheit. Da ich keine Tabletten nehmen konnte, klammerte ich mich verzweifelt an diesen letzten Strohhalm. Über Nacht steigerten sich die Schmerzen ins Unerträgliche. Mein Zahn tobte wie ein offener Vulkan. Ich lag schweißgebadet im Bett und verfluchte das Leben im allgemeinen und meinen Zahnarzt im speziellen.

Nach drei weiteren schlaflosen Nächten griff der gute Mann endlich zur Zange.

»Tut mir leid, ich muß ihn ziehen«, sagte er bedauernd und machte sich sogleich ans Werk. Leider gelang es ihm nicht, mir eine vernünftige Betäubung zu geben. Nach der dritten vergeblichen Spritze ging er zur rohen Gewalt über. Während er in meinem Mund herumfuhrwerkte, mußte ich an die brutalen Methoden eines Feldschers im Mittelalter denken. Schlimmer konnte es den armen Menschen damals auch nicht ergangen sein! Was mußte ich – eine hochschwangere Frau – eigentlich noch alles erdulden?

Nachdem ich mich von diesem Horrortrip erholt hatte, fuhr ich wieder regelmäßig mit Annika zum Spielplatz. Ich genoß das Zusammensein mit den anderen Müttern und fühlte mich rundherum gut.

Das einzige, was mich ein wenig bedrückte, war die Tatsache, daß ich keine Tagträume mehr hatte. Einfach im Bett liegen und vor mich hin träumen, das war zeitlich nicht mehr drin. Ich vermißte dieses unvergleichliche Wechselbad der Gefühle, das mich in der ersten Schwangerschaft so berauscht hatte. Ich vermißte dieses erhabene Gefühl der Unsterblichkeit.

Zusammenfassend kann man sagen: Ich war wesentlich ruhiger und gelassener. Und das hatte sicherlich nicht nur Nachteile. Vielleicht würde ich viel entspannter an die zweite Entbindung herangehen. Und davon konnten das Baby und ich ja nur profitieren.

Auch Hans Wilhelm gab sich nicht mehr so häufig seinen Tagträumen hin. Statt zehnmal täglich die Hand oder das Ohr auf meinen Bauch zu legen, tat er es jetzt nur noch fünfmal. Aber das störte mich nicht weiter; schließlich brachte ich selbst nicht mehr allzuviel Interesse für die Vorgänge in meinem Körper auf.

Irena wollte mich zu einer ambulanten Geburt überreden. Sie hatte ihre drei Kinder im Krankenhaus bekommen und war gleich nach den Entbindungen wieder nach Hause gefahren. Sie schwärmte noch heute von dieser ersten Zeit im eigenen Bett, umsorgt von ihrem Mann (der Arzt war), ihrer Mutter (die sie bekochte und verwöhnte), einer Putzfrau (die das Haus in Schuß hielt), einer Hebamme (die das Baby badete und wickelte) und einem Kindermädchen (das ihr die anderen Gören vom Hals hielt).

Ich hörte ihr mit wachsendem Interesse zu. Nach meinen ersten negativen Klinikerfahrungen war ich nur allzu empfänglich für solche paradiesischen Geschichten.

Sie gab mir die Adresse ihrer Hebamme und ließ nicht locker, bis ich sie angerufen hatte. Damit war die Entscheidung auch schon gefallen. Ich würde ambulant entbinden, und keine zehn Pferde sollten mich noch mal in diese verdammte Belegklinik kriegen.

Vier Wochen vor dem eigentlichen Geburtstermin sagte ich zu Hans Wilhelm: »Ist dir eigentlich klar, daß wir noch gar keinen Vornamen haben?«

Er glotzte mich an wie ein Auto.

»Diesmal mußt *du* ihn aussuchen«, frohlockte ich.

Er war nicht gerade begeistert von meiner Idee und versuchte, die Sache wieder auf mich abzuwälzen. Aber ich blieb hart. Schließlich gab er nach und verkrümelte sich in die Stadtbücherei. Als er nach drei Stunden wieder herauskam, standen ihm die Haare zu Berge; aber er war fündig geworden.

»Henning«, sagte er und atmete tief durch.

»Henning?« fragte ich.

»Ja, Henning. Von Henning Venske. Mensch, den kennst du doch. Der aus dem Fernsehen – Sesamstraße!«

»Henning?« Ich spielte mit dem Wort. »Na ja, warum nicht? Man gewöhnt sich ja schießlich an alles.«

Damit war das Thema für uns erledigt.

Die Zeit der Geburt rückte immer näher heran. Draußen war es – wie oft im August – stickig heiß und schwül. Ich schmorte in meinem eigenen Saft und verfluchte meine matronenhafte Lethargie. Jede Bewegung war eine Qual, jeder Atemzug ein Seufzer. Ich suchte nach Erleichterung, fand aber keine.

Zwei Tage vor dem eigentlichen Geburtstermin hielt ich es nicht mehr aus. Während eines nächtlichen Gewitters kroch ich mit ganz eindeutigen Absichten zu Hans Wilhelm ins Bett und schmiegte mich von hinten an ihn.

Halt' mich fest, laß' mich nie los!

Er drehte sich schlaftrunken zu mir um und küßte mich.

Unsere Körper fanden sich. Mein dicker, runder Bauch, immer noch fremd – eine ständige Quelle der Lust.

Nachdem wir uns gründlich ausgetobt hatten, machten wir Licht und köpften eine Flasche Sekt. Ich hatte die ganze Schwangerschaft über keinen Tropfen Alkohol angerührt, aber jetzt war mir alles egal. Ich wollte trinken und das Leben genießen. Ich fühlte mich spitze, ganz leicht und frei. Draußen tobte das Gewitter, drinnen saßen wir splitterfasernackt in unseren Betten, tranken Sekt und amüsierten uns prächtig.

Eine Stunde später bekam ich die ersten Wehen. Ich fand das Ganze noch komisch und mußte andauernd kichern.

Um vier Uhr morgens wachte Annika auf, kroch zu uns ins Bett und schlief wieder ein. Auch Hans Wilhelm nickte noch mal kurz ins Traumreich hinüber.

Ich stand auf, ging langsam in der Wohnung hin und her und fühlte mich phantastisch. Ich hätte Bäume ausreißen können. Andere Frauen fingen jetzt an, ihre Gardinen zu waschen oder die Fenster zu putzen. Auch mir juckte es verdächtig in den Fingern. Aber letztendlich war ich zu betrunken, um meine Gelüste in die Tat umzusetzen.

Um zehn Uhr morgens fing ich an, mich reisefertig zu machen. Das hieß: Ich rutschte erst mal auf den Knien in der Wohnung herum und suchte meine Sachen zusammen.

»Warum hast du denn nicht vorher gepackt?« schimpfte Hans Wilhelm.

»Ich hab doch nur zwei Nachthemden«, jammerte ich. »Das eine hängt noch auf der Leine, und das andere hatte ich vorhin an. Igitt, guck mal, es ist ganz vollgekleckert.« Verzweifelt kroch ich zu unserem baufälligen Wäscheschrank und wühlte darin herum. Irgendwo gab es da noch ein geblümtes Rüschennachthemd von meiner inzwischen verstorbenen Oma. Wenn ich nur wüßte, wo! Währenddessen meckerte ich unentwegt weiter: »Oh nein, ich hab keine einzige saubere Unterhose mehr. Uaaa, mein Rücken tut weh. Gleich krieg ich einen Anfall!

Gott sei Dank, da ist es.« Ich zog das keusche Nachtgewand meiner Oma selig aus dem Schrank. Es roch nach Mottenkugeln und Kölnisch Wasser, außerdem war es total zerknittert. Aber was blieb mir anderes übrig. Ich stopfte es in meine Reisetasche.

Um elf Uhr waren wir endlich reisefertig und bestellten ein Taxi. (Wir hatten immer noch kein eigenes Auto.) Nachdem wir Annika bei einer Freundin abgeliefert hatten, fuhren wir gleich weiter zum Krankenhaus.

Dort wurde ich erst mal von einer jungen Ärztin untersucht. »Drei Zentimeter«, sagte sie. »Passen Sie auf, wir werden die Sache schon in Gang bekommen.« Zu diesem Zweck öffnete sie die Fruchtblase und verpaßte mir einen Einlauf.

Um ein Uhr mittags wurde ich endlich in den Kreißsaal gebracht. Eine mütterlich aussehende Matrone dirigierte mich auf eine dieser komfortablen Kreißsaalliegen und untersuchte mich. Fünf Zentimeter. Was, mehr noch nicht? Einen Moment lang packte mich die Verzweiflung. Aber dann ließ ich mich stöhnend in die Kissen zurückfallen. Vier, fünf, sechs Zentimeter, war doch egal!

Die Wehen kamen alle zwei Minuten und machten mir allmählich zu schaffen. Langsam mußte ich mir wieder Halt suchen. Ich betete versuchsweise das Vaterunser herunter, aber der Funke wollte nicht recht überspringen.

Ich versuchte es mit der Lamaze-Atmung, aber das klappte auch nicht. Scheiß-Kursus! Da verbrachte man unzählige Abende bei dieser Tante in ihrem Gymnastikstudio, turnte und hechelte im Dreivierteltakt, und wofür das Ganze? Nachher, wenn die Wehen dann tatsächlich da waren, konnte man nicht mit ihnen umgehen. Ich hatte es schon bei der ersten Geburt nicht geschafft, das, was mit mir geschah, zu steuern. Warum sollte es mir bei der zweiten auf einmal gelingen?

Ich strich die Atemübungen von meiner Liste.

Ich litt ohne Widerstand.

Ich sperrte mich nicht mehr gegen den Schmerz.

Ich ließ ihn zu.

Ich ... ich ... ich ...

Ich schaukele oben auf den Wellen und lasse mich treiben, mal hierhin, mal dorthin, Stunde um Stunde. Dieser unbetäubte, ungeschminkte Schmerz hat fast etwas Reines, Heiliges an sich. Er hat *Sinn*.

Plötzlich überkommt es mich, ohne Vorwarnung. Meine Lunge pumpt sich voll Luft, zerreißt mich in tausend Stücke. Dieser Druck! Gigantisch. Unwiderstehlich. Ich muß ihm nachgeben. Ich halte die Luft an und laß es geschehen ...

»Hecheln!« kommandiert die Ärztin, zippelt sich einen Handschuh über und untersucht mich. »Es kann losgehen«, sagt sie.

Das Personal wird munter. Wie im Traum registriere ich, daß mein Bett umgebaut wird. Das letzte Drittel verschwindet und macht einer Ablage Platz. Das Kopfende wird höher gestellt. Hans Wilhelm hält meine Schultern.

Es geht los. Es kommt wieder. Tief einatmen, Luft anhalten, *pressen, pressen, pressen*. Gleich noch mal. *Pressen, pressen, pressen*.

Halt' durch!

Eine Schere blitzt auf. Ritsch, ratsch. Sekundenlang verspüre ich Erleichterung, dann nimmt der Druck wieder zu.

Langsam, ganz langsam presse ich dich aus meinem Leib hinaus. Ich sehe ein Licht, öffne die Augen. Alles steht still, nur dein Köpfchen bewegt sich langsam vorwärts.

Du bist da! Um 16.31 Uhr.

»Ein Junge«, sagte die Ärztin. »Herzlichen Glückwunsch.« Sie saugte den Schleim aus seiner Nase ab und legte ihn mir auf den Bauch.

Mein Kind, du bist so nackt, so rührend, so süß. Komm her zu mir. Ich habe keine Angst vor dir.

Die Hebamme durchtrennte die Nabelschnur und gab

mir eine Spritze in den Oberschenkel. Die Nachgeburt kam.

Während Hans Wilhelm den Kleinen badete und anzog, nähte die Ärztin den Dammschnitt. Danach hielt sie mir ein Papier unter die Nase. Ich sollte unterschreiben, daß ich auf eigene Verantwortung und entgegen ärztlichem Rat nach Hause fuhr. Ich unterschrieb gerne.

Es ging mir gut. Sehr gut sogar. Nur meine Dammnaht schmerzte höllisch. Ich humpelte – von der Hebamme mißtrauisch beäugt – ein paar Proberunden durchs Zimmer und kam mir vor wie John Wayne kurz vorm Abschuß. Da ich keine Kreislaufprobleme hatte, durfte ich den Weg zum Taxi zu Fuß zurücklegen. Welch ein Triumphzug!

Als Annika nach Hause kam, war sie kreidebleich. Ich wollte sie an mich drücken, aber sie zappelte sich frei, lief zur Tragetasche und beugte sich hinüber.

»Ist das mein neues Brüderchen?« flüsterte sie heiser. Noch ehe wir ihr antworten konnten, drehte sie sich plötzlich um und kotzte vor Aufregung auf den Teppich.

Sie rührte sich den ganzen Abend nicht mehr von Henning fort. Immer wieder starrte sie ihn fasziniert an, streichelte sanft sein Bäuchlein und stellte eine Frage nach der anderen. Hans Wilhelm versuchte sie abzulenken, damit ich wenigstens beim Stillen etwas Ruhe hatte. Aber sie wich nicht von meiner Seite.

Um neun Uhr gingen wir ins Bett. Obwohl ich seit vierzig Stunden kein Auge zugetan hatte, konnte ich nicht einschlafen. Verzweifelt wälzte ich mich von einer Seite auf die andere. Ich hatte schreckliche Nachwehen. Immer wenn ich an Henning dachte, steigerten sie sich ins Unerträgliche. Er brauchte sich nur zu rühren oder zu seufzen – schon ging's mir durch und durch.

Um zwölf Uhr nachts wachte er auf und fing an zu brüllen. Ich rüttelte an Hans Wilhelms Schulter. Mühsam rappelte er sich auf und torkelte zum Babykörbchen.

»Wir haben ihn überhaupt noch nicht gewickelt«, gähnte er und machte sich sogleich an Hennings Strampler zu schaffen. Das arme Kind war bis zu den Knöcheln eingeschissen, und zwar mit dem berühmt-berüchtigten »Kindspech«, einem klebrigen, schwarzen Zeug, das sich unmöglich mit Öl wegputzen ließ.

Während Hans Wilhelm eine Schüssel mit warmem Wasser vorbereitete, schrie Henning sich heiß. Ich dachte an die Nachbarn oben, unten, rechts und links und bekam fast Zustände. Zu allem Überfluß wachte Annika auch noch auf und kam angelaufen.

Tja, die erste Nacht mit unserem neuen Baby war alles andere als romantisch.

Die Hebamme hieß Marianne, war genauso alt wie wir und brachte ihre zweijährige Tochter Anna mit. Sie erklärte uns, daß ihr Mann gerade an seiner Semesterarbeit schriebe und keine Zeit habe, sich um die Kleine zu kümmern. Dann sagte sie noch, daß ihre Anna sehr eifersüchtig veranlagt sei und es nicht ertragen könne, wenn sie, Marianne, ein fremdes Baby auf dem Arm halte. Und ob wir Verständnis dafür hätten, wenn sie sich in puncto Henning ein wenig zurückhielte? Wir nickten verwirrt.

Nachdem sie Henning gedreht und gewendet und mich untersucht hatte, machte sie sich's auf dem Bett bequem und fing an zu erzählen: von ihrer Doppelbelastung als Hebamme und Mutter, von ihren eigenen Geburten und Fehlgeburten, von einem lange unbemerkten Myom in ihrer Gebärmutter, von arroganten Frauenärzten, zickigen Schwestern und schlechter Bezahlung. Sie konnte einem richtig leid tun. Die kleine Anna saß auf ihrem Schoß und beäugte uns mißtrauisch.

Währenddessen wusch Hans Wilhelm das Baby, versorgte den Nabel und wickelte es. Ich saß stumm daneben und schaute weg. Die Nachwehen brachten mich fast um.

Nach einer Stunde stand Marianne plötzlich auf und sagte, daß sie nun unbedingt los müsse; sie habe noch acht weitere Hausbesuche zu machen. Und ob sie morgen früh um sieben Uhr wiederkommen könne?

Nachdem sie weg war, packte Hans Wilhelm Annika

aufs Fahrrad und radelte mit ihr zum Standesamt. Er mußte Hennings Geburt anmelden. Danach fuhr er zur Apotheke, zum Kinderarzt und zum Einkaufen. Er war den ganzen Vormittag unterwegs.

Meine Brustwarzen liefen wieder blau an und taten höllisch weh. Marianne sagte, daß ich sie kurz vor dem Stillen vereisen solle; das würde den Schmerz lindern. Aber Henning weigerte sich natürlich, die eiskalten Dinger in den Mund zu nehmen. Er war sowieso ein fauler, lustloser Trinker und drehte bei jeder Gelegenheit den Kopf weg.

Marianne kurierte übrigens alle meine Leiden mit Eis. Ob ich nun über rasende Kopfschmerzen klagte oder meine störrische Gebärmutter bejammerte, stets rückte sie mir mit ein paar Kühlakkus oder Eisbeuteln zu Leibe. Alles und jedes wurde von ihr tiefgekühlt. Sie hatte allerhand Tips und Tricks auf Lager und ließ uns von ihrem reichen Erfahrungsschatz profitieren. Darin war sie groß. Ansonsten...

Nach ein paar Tagen rief ich Irena an: »Sag mal, hat die wirklich deine Babys gebadet und gewickelt? Tatsächlich? Ich kann das kaum glauben. Die macht hier keinen Handschlag, sitzt nur rum und quasselt mir die Ohren voll.«

Eine Woche nach der Entbindung konnte Hans Wilhelm die Geburtsurkunde abholen. Nachmittags fuhr er mit Henning zur zweiten Vorsorgeuntersuchung. Da unser Kinderarzt ein paar Tage Urlaub machte, mußte er wohl oder übel dessen Vertretung in Anspruch nehmen. Das bedeutete zehn Minuten Fußmarsch, zehn Minuten Straßenbahn, fünfzehn Minuten Wartezeit, fünf Minuten Bus, zehn Minuten Fußmarsch.

Währenddessen radelte ich zu meinem Frauenarzt. Meine erste Nachsorgeuntersuchung stand an.

Ich verfluchte die Tatsache, daß wir kein Auto hatten. Ich verfluchte den Tag, an dem Irena mich zu einer ambulanten Entbindung überredet hatte. Ich hatte die Schnauze gestrichen voll. Diese Rennerei. Zum Kotzen!

Wäre ich doch nur in der Klinik geblieben. Das hätte uns eine Menge Zeit und Ärger und Nerven erspart. Aber nun war es zu spät.

Am zehnten Tag nach der Entbindung verabschiedete Marianne sich von uns und wünschte uns alles Gute für die Zukunft.

Am elften Tag kam das, was kommen mußte. Mitten in der Nacht wachte ich mit bestialischen Brustschmerzen auf. Ich machte Licht, entblößte meinen Atombusen und registrierte entsetzt, daß er knallrot angelaufen und knubbelig-hart war. Beide Seiten. Das mußte eine Brustentzündung sein. Ich fing an zu heulen. Meine Oma hatte mich immer vor einer Mastitis gewarnt. Ich konnte mich noch gut an ihre blutrünstigen Geschichten von steinharten Brüsten, ekligen Abszessen und offenen Drainagen, aus denen der Eiter tropfte, erinnern. Meine Zähne schlugen aufeinander. Eine tödliche Kälte überzog meinen Körper. Ich weckte Hans Wilhelm und klagte ihm mein Leid. Er war genauso ratlos wie ich. Was sollten wir nur tun? Die Panik schlug über mir zusammen.

»Ruf Marianne an!« heulte ich. »Die soll endlich mal was tun für ihr Geld.«

»Mitten in der Nacht?« fragte er skeptisch.

»Ja doch, ja doch! So eine Brustentzündung ist mordsgefährlich. Nun mach schon!«

Er hängte sich ans Telefon. Marianne war nicht gerade begeistert über die nächtliche Störung, aber immerhin gab sie uns den Tip, Eisbeutel auf die entzündeten Stellen zu legen und morgen gleich zum Notarzt zu gehen.

Ich war außer mir. »Eis, Eis, Eis!« schrie ich. »Was anderes fällt der wohl nicht ein.«

Plötzlich hatte ich eine unendliche Sehnsucht nach meinen Eltern. Vielleicht, nein, ganz sicherlich wußten sie Rat. Ich hängte mich ans Telefon, wählte ihre Nummer und wartete, bis jemand abnahm.

»Mutti?« heulte ich. »Mir geht's schlecht. Bitte, könnt ihr kommen?« Sie ließ sich nicht lange bitten und versprach mir, gleich im Morgengrauen aufzubrechen.

Währenddessen blätterte Hans Wilhelm in unserem Gesundheitslexikon.

»Die Milch muß raus«, sagte er schließlich und klappte das Buch zu. »Um jeden Preis.«

Also weckten wir Henning und versuchten, ihn anzulegen. Zuerst protestierte er lauthals, aber schließlich ließ er sich doch dazu überreden. Als er anfing zu saugen, dachte ich, meine Brust fliegt mir weg. So einen rohen, entsetzlichen Schmerz hatte ich noch nie im Leben verspürt. Hans Wilhelm schob mir eine Packung Tempotaschentücher zwischen die Zähne, damit ich nicht losschrie. Ich biß mich daran fest und rollte verzweifelt mit den Augen.

Am nächsten Morgen standen meine Eltern vor der Tür und überschütteten mich mit Mitgefühl. Mittlerweile hatte ich über vierzig Grad Fieber und schlotterte am ganzen Körper.

Mein Vater fuhr mich gleich zum Notarzt. (Es war natürlich mal wieder Wochenende.) Der verschrieb mir Antibiotika und Eisbeutel. Die abgepumpte Milch sollte ich wegkippen und mein Baby mit volladaptierter Kunstmilch ernähren. Außerdem legte er mir nahe, gleich am Montag meinen Frauenarzt aufzusuchen.

Mein Frauenarzt hatte leider ein paar Tage Urlaub. Also ging ich zu seinem Stellvertreter. Der sagte, um Himmels willen, bloß keine Antibiotika, und weg mit den Eisbeuteln. Wärme wäre das richtige. Zu diesem Zweck verschrieb er mir eine Sportsalbe; die sollte ich nach jeder Stillmahlzeit messerdick auftragen und anschließend mit einer dicken Schicht Watte abdecken.

Am Dienstag war mein Frauenarzt wieder da. Er sagte, weg mit der Sportsalbe, her mit der Milchpumpe und den Eisbeuteln. Und die Brust hochbinden, bitte sehr.

Drei Ärzte, drei unterschiedliche Meinungen. Typisch!

Was sollte ich nur tun? Ich entschied mich für die Eisbeutel und fürs Stillen. Nach einer Weile ging's mir wieder besser. Das Fieber und die Knoten in meiner Brust verschwanden allmählich.

Gerade schöpfte ich wieder ein bißchen Hoffnung, da

schlug die Mastitis ein zweites Mal zu, diesmal »nur« in der rechten Brust. Mein Frauenarzt schüttelte bedenklich den Kopf und riet mir zum Abstillen, aber ich wollte nicht. Noch nicht! Als ich meine dritte Brustentzündung bekam, fing er an zu zetern; ich sei verrückt, wenn ich jetzt noch weiter stille. Der Zustand meiner Brust sei absolut bedenklich. Ich solle *endlich* aufhören. Schließlich ließ ich mich breitschlagen. Er verschrieb mir ein medikamentöses Abstillmittel, ein Teufelszeug! Mir war kotzübel, und ich konnte mich kaum auf den Beinen halten.

Als mein Milchfluß schon fast zum Erliegen und ich nach und nach zur Besinnung gekommen war, wurde mir das ganze Ausmaß der Geschichte bewußt. Wer konnte mir sagen, ob ich jemals wieder ein Kind an der Brust haben würde? Niemand. Ich bekam die Heuleritis und wurde total depressiv. Schließlich legte ich Henning wieder an, aber nur an die linke Brust. Die rechte (aus der mein Frauenarzt mir gerade eine Zyste entfernt hatte) tat noch zu sehr weh. Vorsichtshalber erzählte ich dem guten Doktor nichts davon. Er hätte sicherlich einen Schreikrampf bekommen, und dem fühlte ich mich einfach nicht mehr gewachsen.

Henning gedieh prächtig an meiner linken Brust. Hin und wieder fütterte ich ein bißchen Kunstmilch oder ein paar Löffelchen Brei zu; ansonsten kamen wir auch mit der halben Ration sehr gut über die Runden. Ein bißchen merkwürdig sah ich ja aus. Links hatte ich einen tollen, runden Busen und rechts ein trauriges, mickriges Gehänge. Aber das war mir ganz egal. Hauptsache, ich konnte stillen.

Eines war – rückblickend betrachtet – merkwürdig. Je schlechter es mir ging, desto gieriger war ich auf Sex. Gott sei Dank war Hans Wilhelm sehr entgegenkommend und tröstete mich auf jede erdenkliche Art und Weise. Ich konnte mir diesen Totalumschwung in Sachen Sex nicht erklären. Ich ließ mich einfach treiben und genoß das tolle Gefühl des Zusammenseins. Was den Zeitpunkt unserer Schäferstündchen anging, mußten wir allerdings immer erfinderischer werden. Auch wenn Henning friedlich in seiner Wiege schlummerte, Annika dachte nicht im Traum daran, uns auch nur einen Moment Ruhe zu gönnen.

Zuerst versuchten wir es noch mit Diplomatie, versprachen ihr das Blaue vom Himmel herunter, wenn sie nur mal eben für eine halbe Stunde in ihr Zimmer ginge und Kassette hörte... Aber irgendwie schien sie den Braten zu riechen, denn sie blieb uns pausenlos auf den Fersen. Später wurden wir dann zunehmend skrupelloser. Im Bedarfsfall setzten wir Annika kurzerhand vor die Flimmerkiste, schenkten ihr eine Tüte Gummibärchen und verboten ihr unter Strafandrohung, das Schlafzimmer zu betreten. Eigentlich war diese Methode gar nicht so schlecht. Annika war zufrieden, wir waren zufrieden – und was wollte man mehr!

Henning war ein süßes kleines Kerlchen. Es blieb ihm auch gar nichts anderes übrig. Wir gaben ihm keine Chance, uns zu tyrannisieren. Wenn er tatsächlich mal aufmüpfig wurde, bekam er seinen Nuckel reingestopft und wurde ins Nebenzimmer verfrachtet. Tür zu, Klappe dicht!

Mit sechs Monaten fing er an, sich für unsere Wohnung zu interessieren. Am liebsten machte er sich über den Flokati her, mit vor Aufregung zusammengebissenen Zähnchen und rollenden Augen. Er konnte stundenlang mit den fusseligen und leicht angeschmuddelten Teppichfransen herumbalgen.

Jedermann hatte uns vor den Eifersüchteleien zwischen den Geschwistern gewarnt, aber ich konnte mich nicht beklagen. Im Gegenteil, Henning und Annika waren ein Herz und eine Seele, trotz des relativ großen Altersunterschiedes von drei Jahren.

Tja, was hatte sich seit Hennings Geburt geändert?

Wenn man mal davon absah, daß wir uns jetzt noch mehr in Diplomatie üben mußten: nicht sehr viel. Wir waren ja inzwischen an den mit Kindern verbundenen Streß gewöhnt. Außerdem hatten wir noch den gleichen Bekanntenkreis wie vor der Geburt. Hennings Existenz lenkte unser Leben nicht in völlig neue Bahnen, so wie damals bei Annika.

Nur in einem Punkt trat eine wesentliche Änderung ein. Wir fingen an, die verschiedenen Aufgaben und Arbeiten zu verteilen. Während Hans Wilhelm sich um Annika und die außerhäuslichen Angelegenheiten kümmerte, versorgte ich Henning und hielt den Haushalt in Schuß. Wir hatten auch kein Interesse daran, diese Rollen – zumindest zeitweise – zu vertauschen. Jeder fühlte sich in seinem Aufgabenbereich am wohlsten. (Ich glaube, in dieser Zeit legten wir den Grundstein zu der späteren, von mir so gehaßten Rollenverteilung. Selber schuld!)

Zusammenfassend konnte man aber sagen: Ich fühlte mich in meiner Rolle als zweifache Mutter sehr wohl. Kein Wunder, daß in mir bald der Wunsch nach einem dritten Kind wuchs. Zuerst traute ich mich nicht, mit Hans Wilhelm darüber zu reden ... schließlich war er immer noch in der Ausbildung ... und ich wollte auch nicht unbescheiden sein ... und überhaupt, unsere Wohnung war viel zu klein ... Aber, wie das nun mal so ist, irgendwann kam mir der Zufall zu Hilfe ...

Also, ich wasche meine Hände in Unschuld. Ehrlich!

Spielplatzgeplänkel

Kaum hocken zwei oder mehr Frauen beieinander, landen sie früher oder später bei ein und demselben Thema. Welches? Na, ist doch klar!

Irgendwann verbrachten Ilona, Edith und ich einen langen Nachmittag auf dem Spielplatz im Stadtpark. Während unsere sieben Kinder sich gegenseitig mit Sand und Butterkeksen bewarfen, saßen wir seelenruhig auf der Bank und tratschten über Gott und die Welt.

»Stellt euch vor«, sagte Ilona plötzlich. »Michael hat gesagt, wenn ich noch mal schwanger werde, dann zieht er aus.«

»So eine Unverschämtheit!« rief Edith empört. »Wie kommt der Kerl dazu?«

»Na ja, ich hatte mir vor dem letzten Kind ein Diaphragma anpassen lassen, weil Michael doch keine Kondome verträgt. Als ich dann meine 14-Tage-Apfel-Reis-Diät hinter mir hatte, da paßte das blöde Ding auf einmal nicht mehr. Und prompt war's passiert. Jetzt sagt Michael, beim nächsten Kind zieht er aus.«

»So eine Unverschämtheit!« schäumte Edith. »Der kann doch nicht die ganze Verantwortung auf dich abwälzen. Das läßt du dir gefallen?«

»Na ja, zum Teil kann ich ihn schon verstehen«, flötete Ilona. »In seiner Position kann er sich nicht mehr als drei Kinder leisten, emotional und kräftemäßig. Also, kurz gesagt: Ich suche nach einer Verhütungsmethode, die meinem streßgeplagten Mann und mir gleichermaßen gerecht wird.«

»Sterilisation«, schlug ich vor.

»Völlig indiskutabel«, sagte sie empört. »Das würde Michael nie mitmachen. Und ich auch nicht.«

»Coitus interruptus«, überlegte ich weiter.

»Gott, bist du heute wieder witzig«, lächelte sie böse.

»Intrauterinpessar, Dreimonatsspritze, Schaumzäpfchen«, ratterte ich weiter.

»Ich habe schon überlegt, ob ich es mal mit der Knaus-Ogino-Methode versuche«, sinnierte sie. »Meine Freundin und ihr Mann praktizieren das schon seit Jahren, und sie sind sehr zufrieden damit.«

»Knaus-Ogino«, schnaufte Edith verächtlich. »Daß ich nicht lache!«

»Wieso?« fragte Ilona leicht pikiert. »Was hast du gegen diese Methode?«

»Zuviel Getüddel. Jeden Morgen Fieber messen und in meinem eigenen Schleim herumwühlen, das hat mir gerade noch gefehlt.«

»Und welche Methode schlägst du vor?« fragte Ilona von oben herab.

»Ganz klar, die Pille«, sagte Edith.

»Gott, wie einfallslos!« riefen wir im Chor.

Mittlerweile waren ein paar unserer Kinder stiften gegangen. Während Ilona sie wieder einfing, stieß Edith mich in die Seite und sagte: »Knaus-Ogino, wenn ich das schon höre. Die geht mir gewaltig auf den Wecker mit ihren Spinnereien. Vollwertig kochen, auf Naturkosmetik schwören und mit jedem Wehwehchen zum Homöopathen rennen, wie ich das liebe!«

»Reg dich nicht auf«, sagte ich. »Jeder so, wie er mag.«

»Was tuschelt ihr denn da?« fragte Ilona, klaubte ihrer Tochter eine Zigarettenkippe aus dem Mund und setzte sich wieder hin.

»Nichts«, brummte Edith.

Ein paar Minuten lang schwiegen wir uns an. Dann bekam Ilona wieder ihren träumerischen Gesichtsausdruck.

»Irgendwie unvorstellbar, daß wir diesen kleinen Menschen da das Leben geschenkt haben.«

»Nun stilisier' den Vorgang bloß nicht zu einem mystischen Ereignis hoch!« meckerte Edith.

»Ich weiß ja nicht, was *du* dabei empfindest«, schwärmte Ilona, »aber für mich ist so eine Geburt ein einschneidendes, wunderbares Erlebnis ...«

»... und für mich eine absolute Horrorshow«, fiel Edith ihr ins Wort.

»Und wie schnell die Kleinen doch groß werden. Schaut euch meinen Timmi an. Eben lag er noch als klitzekleines Paketchen in seiner Babywippe, und nun geht er schon in den Kindergarten.«

»Benimmt er sich denn anständig?« fragte ich.

»Ach, na ja. Seine Kindergärtnerin sagt, daß er sich noch nicht richtig in die Gruppe eingefügt hat. Angeblich fährt er ein Störmanöver nach dem anderen. Sie sagt, daß er wahrscheinlich noch eine Weile in dieser negativen Phase verharren wird; aber das ist bei Neueinsteigern durchaus nicht ungewöhnlich...«

»Wieso? Was macht er denn?«

»Na ja, er sitzt nicht still und redet ständig dazwischen.«

»Das sollten meine Jungs sich mal erlauben«, blubberte Edith. »Denen würde ich aber kräftig den Hintern versohlen!«

»Ja, ja, du hast gut reden«, giftete Ilona. »Anderer Leute Kinder erziehen sich immer leicht. Warte erst mal ab, bis deine beiden in den Kindergarten kommen. Dann wirst du schon sehen...«

Ich fing an, mich zu langweilen. Ewig die gleiche Leier. Als wenn es keine anderen Themen auf der Welt gäbe.

»Nun hört schon auf«, sagte ich genervt und fing an, die Reste einer zerdepperten Bierflasche aufzuschippen. Dabei fiel mein Blick auf einen Haufen Exkremente. Mein Gott, dieser Spielplatz war eine einzige Kloake.

Ilona hatte sich mittlerweile beruhigt und stand auf, um ihrer Tochter die Nase zu putzen.

»Achtung, Tretmine!« rief ich.

Ihr 149,95 DM teurer Nubuklederschuh verharrte einen Moment lang in der Luft. Dann kreischte sie los: »Iiii, Hundekacke! Ich kann ja alles ab, Zigarettenkippen, Bierdosen, Glasscherben, aber keine Hundekacke! Nein, für heute reicht's mir. Ich geh' nach Hause.«

Auch Edith packte ihre Sachen zusammen, entsandete

ihre Kinder und machte sich auf den Heimweg. Ich blieb allein zurück und durchwühlte die Sandkiste nach Annikas Lieblingsbackförmchen.

Gerade wollte ich zum Aufbruch blasen, da bemerkte ich einen jungen Mann, der sich schnurstracks dem Spielplatz näherte, in seinem Gefolge zwei riesige Schäferhunde, die sich um einen Plastikknochen balgten. Der Typ setzte sich auf die freie Bank, zündete sich eine Zigarette an und sah seelenruhig zu, wie seine beiden Köter in den Sand pinkelten.

»Guter Mann, das ist ein Kinderspielplatz, kein Hundeklo«, ermahnte ich ihn. Er drehte sich langsam um und stierte mich ausdruckslos an. Ich dachte schon, er hätte mich nicht verstanden, da kam er plötzlich in Wallung.

»Halt's Maul, Scheißweib!« brüllte er und drohte mir mit der geballten Faust. Das fand ich ganz und gar nicht gut, aber ich hatte auch keine Lust, mich mit ihm anzulegen. Der brachte es noch fertig und schlug mich krankenhausreif! Immerhin, er stand auf, stieß noch ein paar wilde Drohungen aus und machte sich dann vom Acker. Die beiden Köter liefen hinter ihm her.

Ich atmete erleichtert auf, trommelte meine beiden Kleinen zusammen und floh mit ihnen per Kinderkarre.

Es gab schon ein paar gefährliche Orte in der Stadt.

Die dreifache Mutter

Warum bekomme ich ein drittes Kind? Also, ehrlich gesagt, das habe ich mich auch schon oft gefragt!

Eine unserer Bekannten sagte mal: »Wenn ihr unbedingt ein Kind haben wollt, dann benutzt ein Kondom.«

Wir benutzten ein Kondom und erzielten gleich einen absoluten Volltreffer. Frustriert saßen wir vor Hennings erster Geburtstagstorte. Trotz aufgehängter Luftschlangen und angereister Verwandtschaft wollte keine rechte Stimmung aufkommen.

Nebenan im Schlafzimmer stand ein kleines Reagenzgläschen in seiner Halterung und bestätigte uns, daß der Kurzurlaub vor drei Wochen Folgen gehabt hatte. Ich war ganz eindeutig schwanger, und zwar zu einem äußerst ungünstigen Zeitpunkt.

Hans Wilhelm wollte in absehbarer Zeit seine Diplomarbeit machen; aber kein Mensch konnte uns sagen, ob er danach sofort Arbeit bekommen würde. Unsere finanzielle Situation spitzte sich allmählich zu. Von fünfhundert Mark Sozialhilfe und vierhundert Mark Bafög konnten wir mehr schlecht als recht leben. Hans Wilhelm war total frustriert. Ich konnte mir gut vorstellen, was in ihm vorging. Seit Jahren schaufelte und schaufelte er, aber der Berg wurde niemals kleiner. Auch mir war – bei aller Blauäugigkeit – ein wenig mulmig zumute. Ich wußte noch nicht, ob wir das alles auf die Reihe bekommen würden.

Ein paar Tage später konsultierte ich meinen Frauenarzt. Er untersuchte mich und sagte, das Baby würde Ende April auf die Welt kommen.

Nachdem es nun »offiziell« war, packten wir den Stier gleich bei den Hörnern und informierten die Verwandtschaft. Keiner konnte verstehen, warum wir uns auf dieses »Abenteuer« einließen. Aber eigentlich wunderten sie sich über gar nichts mehr.

In unserem Bekanntenkreis löste die Nachricht große Heiterkeit aus. Jürgen schlug sich wiehernd auf die Schenkel und fragte, ob wir zu blöd zum Aufpassen gewesen wären. Edith erkundigte sich interessiert, ob wir etwa daran dächten, eine Zucht anzufangen. Alle amüsierten sich prächtig.

Nur Chang, Hans Wilhelms chinesischer Studienkollege, ging streng mit uns ins Gericht. Er sagte, es wäre – global betrachtet – eine Sünde, mehr als zwei Kinder in die Welt zu setzen; schließlich würde unsere gute alte Mutter Erde auch so schon aus den Nähten platzen. Ich wurde ganz kleinlaut, denn unter diesem Aspekt hatte ich die Sache noch nie betrachtet.

Wie die Bilder sich doch glichen. Ab der sechsten Woche hing ich wieder regelmäßig über der Kloschüssel. Diesmal hatte es mich besonders hart erwischt. Zu der ständigen Übelkeit gesellten sich noch heftige Magenkrämpfe und arge Kreislaufprobleme. Am liebsten hätte ich mich den ganzen Tag ins Bett gepackt, aber das war natürlich nicht drin. Annika mußte morgens zum Kindergarten gebracht und mittags wieder abgeholt werden. Dazu noch der Haushalt und die Einkäufe. Abends war ich vollkommen erledigt und fiel wie ein Stein ins Bett.

Hans Wilhelm arbeitete von früh bis spät an seiner Diplomarbeit. Parallel dazu tippte er seine ersten Bewerbungen. Er wollte vor der Geburt noch alles regeln: sein Studium beenden, sich eine Anstellung und uns eine vernünftige Wohnung suchen. Manchmal bekam ich es mit der Angst zu tun. Wie sollten wir das alles bloß in dem kurzen Zeitraum schaffen; und wo würden wir landen?

Wir waren beide total im Streß. In Anbetracht dieser Tatsache war es nicht verwunderlich, daß Hans Wilhelm kein Interesse mehr für meine Schwangerschaft und die damit verbundenen körperlichen Vorgänge aufbrachte. Einfach mal die Hand auflegen und fühlen, was da drinnen vor sich ging, das kam so gut wie nie mehr vor. Aber ich vermißte diese täglichen Streicheleinheiten auch nicht. Ich war – ehrlich gesagt – froh, wenn ich meine Ruhe hatte.

Nach der zwölften Schwangerschaftswoche ging's mir wieder etwas besser. Ich begann, mich auf das Kind zu freuen. Wenn ich nachts wach lag, malte ich mir aus, wie schön unser »neues« Leben sein würde.

Eines Abends zog ich mich frühzeitig mit dem *Herrn der Ringe* ins Bett zurück. Ich nahm mir vor, heute mindestens fünfzig Seiten dieses Monumentalwerks zu erschlagen. Gerade stiegen Frodo und seine Gefährten in die unheilvolle Finsternis von Moria hinab, da spürte ich, wie mir eine undefinierbare, feucht-warme Flüssigkeit die Beine herunterlief. Ich schlug die Bettdecke zurück und starrte entsetzt auf meine Schlafanzughose. Sie begann sich rot zu verfärben.

Ich habe von Natur aus ein ängstliches Gemüt, aber das Grauen, das mich jetzt packte und würgte, stellte alles bisher Dagewesene in den Schatten. Ehrlich, ein Hitchcock war nichts dagegen.

Zwanzig Minuten später lag ich auf einem Untersuchungstisch in der städtischen Frauenklinik. Der diensthabende Arzt sah die blutige Bescherung und schüttelte bedenklich den Kopf. Nach der vaginalen Untersuchung schleppte er mich in einen anderen Raum und machte einen Ultraschall.

Das Kind lebte. Es gab doch einen Gott!

Die nächsten Tage verbrachte ich – stramm liegend – im Krankenhaus, schwankte zwischen Hoffen und Bangen hin und her und wartete darauf, daß die Blutungen nachließen. Um mich abzulenken, las ich den »Spiegel« von vorne bis hinten durch, sogar den politischen Teil. Normalerweise hatte ich nicht viel für dieses Intellektuellenblättchen übrig, aber wenn ich vor Langeweile halbtot war, kam es mir gerade recht.

Nach zwei endlos langen Wochen durfte ich wieder nach Hause. Ich sollte mich schonen, schonen und nochmals schonen. (Wie ich das mit zwei kleinen Kindern machen sollte, konnte mir aber niemand verraten. Ich ließ es darauf ankommen und kniete mich wieder voll ins Alltagsleben hinein. Was blieb mir auch anderes übrig?)

Ende Oktober ergatterte Hans Wilhelm sich seine lang und heiß ersehnte Wunsch-Arbeitsstelle bei einem großen Unternehmen in Lübeck. Ab nächsten Februar sollte er dort als Dipl.-Ing. (Maschinenbau) tätig werden.

Ich atmete erleichtert auf. Endlich war Land in Sicht. Der Countdown konnte beginnen.

Zunächst mußte Hans Wilhelm seine Diplomarbeit beenden, und zwar so schnell wie möglich. Von seinem Thema (Konzeption und Entwicklung einer universellen Analogschnittstelle für ein Mikroprozessorsystem) hatte ich keine Ahnung; trotzdem half ich ihm, so gut ich konnte. Tippen, zeichnen, aufkleben, kopieren, das traute ich mir durchaus noch zu.

Im Dezember bekam ich wieder Zahnschmerzen. Eine ganze Woche lang lag ich jammernd auf unserem Sofa und verfluchte mein Schicksal. Scheiß-Zähne! In Erwartung der obligatorischen Zange zog ich schon vorsorglich den Kopf ein, aber – o Wunder! – nach einer Woche beruhigte sich der rebellische Zahn wieder. (Das war aber nur die Ruhe vor dem Sturm. Drei Monate nach der Entbindung mußte er dann doch gezogen werden.)

Ich hatte die Schnauze mal wieder gestrichen voll. Warum konnten wir schwangeren Frauen uns im Bedarfsfall nicht mit Acetylsalicylsäure oder Paracetamol zuknallen? Warum mußten wir uns immer noch mühsam durch diese schrecklichen neun Monate schleppen? Warum konnten wir unsere Kinder nicht in präparierten Flaschen großziehen, wie in der Huxleyschen *Schönen neuen Welt*? Das wär' doch was. (Alles bloß dummes Gerede. Natürlich plädierte ich für die altmodische Art, Kinder zu bekommen. Nur in dem Moment hatte ich keine Lust mehr, schwanger zu sein.)

Alle zwei Wochen fuhr Hans Wilhelm nach Lübeck und reihte sich in die Schlange der Wohnungssuchenden ein. Es gab genügend Angebote, aber sobald die Vermieter mitbekamen, daß zu dem »Herrn Inschenör« auch noch eine dreiköpfige Kinderschar gehörte, machten sie sofort einen Rückzieher. Niemand wollte uns haben. Ich kochte vor Wut und Enttäuschung.

Die Wohnungssuche kam uns teuer zu stehen. Unsere dreistellige Telefonrechnung machte mich schwindelig, und die Reisekosten für Bahn und Bus gingen allmählich ins Unendliche. Es führte kein Weg mehr dran vorbei: Wir mußten uns ein Auto anschaffen. Da wir über keinerlei Ersparnisse verfügten, gingen wir in der Verwandtschaft auf Pumptour, engagierten meinen Vater als Sachverständigen und machten uns mit ihm auf die Suche nach einem fahrbaren Untersatz. Ein paar Stunden später waren wir die stolzen Besitzer eines neun Jahre alten, nur mäßig angerosteten Passat Variant. Eine richtige Familienkutsche. Ich wollte vor Stolz platzen.

Im Januar wurde Hans Wilhelm endlich fündig. Unsere neue Bleibe (eine Doppelhaushälfte) lag in einem kleinen Kuhdorf südwestlich von Lübeck. Sie war zweimal so groß und viermal so teuer wie unsere bisherige Wohnung, aber wir waren total happy.

Doch zunächst mußte Hans Wilhelm noch seine Diplomarbeit beenden. Denn, ohne Abschluß keine Arbeit, und ohne Arbeit keine neue Wohnung. Die Zeit drängte. Am 31. Januar gab er sein fertig gebundenes Machwerk ab, am 1. Februar fing er an zu arbeiten.

Die Kinder und ich kamen ein paar Tage später nach.

Unser neues Leben war ebenso schön wie anstrengend. Ich war jetzt in der dreißigsten Schwangerschaftswoche und hätte mich am liebsten bis zur Entbindung ins Bett gelegt. Aber daran war natürlich nicht zu denken; es gab noch so unendlich viel zu erledigen. In Anbetracht dieser Tatsache verzichtete ich auf einen Geburtsvorbereitungskurs. Ich wollte die Sache auf meine eigene Art und Weise durchstehen, ohne diesen lächerlichen Atem- und Entspannungszirkus!

Die Wahl des Krankenhauses fiel mir nicht schwer. Es gab in unserer Gegend nur eines, das in Frage kam: das Kreiskrankenhaus Bad Oldesloe.

Diesmal wollte ich mich nicht auf das Abenteuer einer ambulanten Entbindung einlassen; das Thema war für mich gestorben. Nein, ich wollte eine ganze herrliche Woche in der Klinik verbringen und mich nach Herzenslust bekochen und verwöhnen lassen. Ich freute mich schon darauf.

Die Wahl des Vornamens fiel uns ebenfalls nicht schwer. Wir einigten uns ziemlich schnell auf *Mareike*. Aber, wie das Leben so spielt... Im Laufe der nächsten Wochen lernten wir drei Mareikes kennen, und eine war blöder als die andere. So entschlossen wir uns kurz vor der Entbindung zu einer Namensänderung. Aus der *Mareike* wurde eine *Maren*.

Die Zeit der Geburt rückte immer näher. Ich ging regelmäßig zu den Vorsorgeuntersuchungen; jedesmal bekam ich von meinem neuen Frauenarzt die dringende Empfehlung, mich zu schonen. (Vom Umzugsstreß hatte ich nämlich einen drei Zentimeter weit eröffneten Muttermund zurückbehalten.)

Zwei Wochen vor dem eigentlichen Geburtstermin bekam ich regelmäßige Wehen, allerdings nur nachts. Sobald ich mich in die Horizontale begab, ging's los. Meine Nächte waren ebenso lang wie nervenaufreibend. Zuerst wälzte ich mich von einer Seite auf die andere und lechzte vergeblich nach Schlaf. Um ein oder zwei Uhr stand ich auf und begann zu marschieren: erst die Treppe runter, dann immer zwischen Küche und Wohnzimmer hin und her. Ich weiß nicht, wie viele Kilometer ich in diesen einsamen Nächten heruntergerissen habe; nach dem Zustand meiner Füße zu urteilen, waren es eine ganze Menge.

Im Morgengrauen ließen die Wehen wieder nach. Ich fiel wie ein Stein ins Bett und dämmerte noch ein oder zwei Stunden vor mich hin. Pünktlich um sechs Uhr rüttelten die Kinder mich wieder wach und verlangten ihr Frühstück. Ich rappelte mich mühsam hoch und kam mir vor wie ein Preisboxer nach dem Knockout.

Nach einer nahezu schlaflosen Woche fing ich an, wunderlich zu werden. Ich wusch mir jeden Tag die Haare, aber nie mehr die Füße. Ich servierte den Kindern nur noch Fertigfutter aus der Dose und begrüßte Hans Wilhelm, wenn er von der Arbeit nach Hause kam, mit einem verschlafenen »Guten Morgen, mein Schätzchen«.

Ich lief herum wie in Trance, wie in Watte verpackt. Und wenn die Kinder noch so sehr nervten, auch wenn der Haushalt im Dreck versank, mir war's egal. Das alles tangierte mich nur noch äußerst peripher.

Eine Woche vor dem Stichtag fiel mir plötzlich ein, wie wir bei Henning die Geburt eingeleitet hatten. Die Erinnerungen hatten eine sehr anregende Wirkung auf mich. Den ganzen Abend scharwenzelte ich um Hans Wilhelm herum, betrachtete ihn mit neu erwachendem Interesse und freute mich schon aufs Zubettgehen.

Er ahnte wohl, was in mir vorging, denn als ich spät abends im Bett zu ihm hinüberrutschen wollte, kam er mir gerade entgegen; wir trafen uns auf der Ritze und fielen uns lachend in die Arme.

In der nächsten halben Stunde legten wir eine akrobatische Glanzleistung aufs Bett. Liebe machen mit dickem Bauch, ein ebenso komisches wie anregendes Abenteuer.

»Danach« ließ ich mich zufrieden schnaufend in die Kissen zurückfallen und genoß die wohlige Müdigkeit, die langsam in mir hochkroch. Einen Moment lang dämmerte ich sogar ins Traumreich hinüber, doch nach einer knappen Stunde bekam ich wieder Wehen und stand auf.

Langsam wanderte ich in der Wohnung umher und schaute bei jeder Kontraktion auf die Uhr. Alle fünfzehn Minuten; es wurde wohl langsam ernst. Wieder mal war es uns gelungen, eine Geburt auf die angenehmste Art und Weise in Gang zu bringen. Ich frohlockte und sah mich tatendurstig um. Was konnte man um zwei Uhr nachts in einer stockdunklen einsamen Wohnung unternehmen? Ich schaltete versuchsweise den Fernseher ein, aber auf sämtlichen Kanälen war nur tote Hose. Schließlich stülpte ich mir unseren Kopfhörer über, stellte die *Dire Straits* auf Volldampf und drehte ein paar schwerfällige Pirouetten durch den Raum. Mein Gott, war das Leben schön!

Hörst du, Kind? Schon bald werden wir in die Hölle hinabsteigen, aber jetzt, in diesem Moment, sind wir im siebten Himmel. Laß uns die letzten gemeinsamen Stunden genießen.

Als die Wehen alle zehn Minuten kamen, beschloß ich, es jetzt gut sein zu lassen. Ich stellte den Kassettenrecorder aus und machte mich auf den Weg nach oben, um Hans Wilhelm zu wecken. Unterwegs blieb mein Blick im Flurspiegel hängen. Mein Gott, ich sah ja aus wie der letzte Heuler. Entsetzlich! Die Haare hingen mir in fettigen Zotteln herunter, und mein geisterhaft blasses Gesicht glänzte fettig. Nein, so würde ich nicht aus dem Haus gehen.

Ich überlegte gerade, ob ich mir noch mal die Haare waschen sollte, da stand Hans Wilhelm plötzlich neben mir. »Es geht los!« rief ich fröhlich.

Während ich mich notdürftig frisierte, telefonierte er mit meinen Eltern. Sie wollten während unserer Abwesenheit auf die Kinder aufpassen und versprachen, sofort zu kommen. Meine Haare wollten absolut nicht sitzen. Ich war äußerst unzufrieden mit meinem Werk. Nun, dann sollte wenigstens mein Make-up tadellos in Ordnung sein. Hingebungsvoll verdeckte ich die Spuren von sieben durchwanderten Nächten, legte lachsrotes Rouge und olivgrün schimmernden Lidschatten auf und fixierte das Ganze mit einer zarten Schicht terracottafarbenem Puder. Nachdem ich mir noch die Lippen angemalt und zwei Lagen Mascara draufgeknallt hatte, warf ich einen zufriedenen Blick in den Spiegel. Meine Augen strahlten und waren mit dem Flair geheimnisvoller Exotik umgeben; die roten Lippen glänzten und bildeten den sinnlichen Mittelpunkt des ganzen Make-ups. So war es richtig, meine feminine Natürlichkeit kam voll zur Geltung.

Währenddessen suchte Hans Wilhelm unsere Fotoausrüstung. Er hatte sich vorgenommen, diesmal das große Ereignis im Bild festzuhalten, ganz bestimmt!

Plötzlich wurde mir ganz anders.

»Wir müssen los«, stieß ich zwischen den Zähnen hervor.

»Was, jetzt schon?« fragte Hans Wilhelm entsetzt. »Es dauert noch mindestens eine Stunde, bis deine Eltern hier sind. Und außerdem hab ich den Fotoapparat immer noch nicht ...«

»Das ist mir egal«, stöhnte ich. »Wir müssen los!«

Hans Wilhelm ging und klingelte unseren Vermieter aus dem Bett. Er erklärte sich sofort bereit, auf unsere Kinder aufzupassen, und kam schlaftrunken und blinzelnd herübergestolpert.

Die Geburt brach wie eine Dampfwalze über mich herein. Ich wußte micht mehr, wie mir geschah. Irgendwie gelang es Hans Wilhelm, mich zum Auto zu schleppen und hineinzuwuchten. Auf dem Weg nach Bad Oldesloe hatte ich pausenlos Wehen. Ich klemmte mir eine Pakkung Tempotaschentücher zwischen die Zähne und biß mich daran fest. Ab und zu nahm ich sie heraus und fluchte laut vor mich hin. Jedes Schlagloch ging mir durch und durch.

Gott sei Dank hatten wir den Weg schon erkundet. Ohne Rücksicht auf Verluste bretterte Hans Wilhelm durch die menschenleere Innenstadt. Der Krankenhauspförtner öffnete sofort die Schranke und ließ uns passieren. Mit quietschenden Reifen hielten wir vor dem hinteren Eingang, im eingeschränkten Halteverbot.

Hans Wilhelm wollte mich absetzen und den Wagen dann woanders parken, aber ich stöhnte: »Laß mich nicht allein.«

Irgendwie gelang es ihm, mich aus dem Auto herauszuziehen und durch die menschenleeren Gänge bis vor die Kreißsaaltür zu schleifen. Dort wurde ich sofort von vier starken Armen untergehakt.

Irgend jemand zieht mir die Hosen herunter und legt mich auf einen Untersuchungstisch. Was macht der Kerl mit der randlosen Brille da? Er untersucht mich, runzelt die

Stirn und sagt zu einer hinter ihm stehenden Frau: »Vollständig eröffnet. Wir können sie sofort drannehmen.«

Ich werde ausgezogen, in ein Nachthemd gesteckt und in den Kreißsaal gebracht.

Ich habe Angst! Darf man beim dritten Kind noch Angst haben? Und wenn ja, darf man sie auch zeigen? Wenn ich jetzt schreie, verärgere ich das Personal. Und wenn das Personal verärgert ist, dann Gnade mir Gott! Also, du schreist nicht. Klar?

Da unten hantieren sie mit irgendwelchen Gegenständen herum, laut, scheppernd. Jetzt ziehen sie sich auch noch sterile Handschuhe an. Nein, ich will nicht. Lieber Gott, laß mich in Ohnmacht fallen! Schick mich als Engelchen an die Decke! Schenk mir eine einzige metaphysische Vision! Bitte, bitte, tu was! Der Typ mit der randlosen Brille macht sich an mir zu schaffen. Fruchtwasser überall.

Es geht los. Jetzt gibt es kein Zurück mehr. Jetzt begegne ich mir selbst. Meine Lunge pumpt sich voll Luft. *Pressen, pressen, pressen.* Gleich noch mal. *Pressen, pressen, pressen.* Ich kann's. Ja, ich kann's. Ich hab' es nicht verlernt. Langsam, sehr langsam schiebe ich dich heraus, Millimeter für Millimeter. Die Zeit steht still. Silber blitzt auf. Ein Schnitt ... Erleichterung. Gleich ... gleich ...

»Ein Mädchen«, sagte der Mann mit der Brille. »Herzlichen Glückwunsch.«

»Sie hat schwarze Haare!« rief Hans Wilhelm fassungslos.

Ich lachte und weinte gleichzeitig. Schwarze Haare. Ich hatte ein Kind mit schwarzen Haaren geboren. Das war das größte Wunder überhaupt!

Die Kleine schrie und gurgelte. Nachdem die Hebamme ihr den Schleim aus der Nase abgesaugt hatte, beruhigte sie sich allmählich.

Komm her zu mir, du schwarzhaariges, kleines, unbegreifliches Wunder. Leg dich auf meinen warmen Mutterbauch und hab keine Angst.

Nach einer Weile nahmen sie mir das Kind wieder fort.

Ich wurde aufgefordert, nochmals zu pressen, die Nachgeburt kam.

Im Eiltempo wurde ich genäht und gewaschen. Danach brachte Hans Wilhelm mir die Kleine zum Stillen. Während sie trank, starrte ich fasziniert auf ihren dunklen Haarschopf. Wenn ich da an meine ersten beiden Glatzköpfchen dachte... Nachdem sie halbwegs befriedigt war, kam die Hebamme und holte sie ab. Der Kinderarzt war im Haus und wollte sie gleich untersuchen.

Um acht Uhr wurde ich – von Hans Wilhelm begleitet – auf die Wochenstation gebracht und in ein sonniges Zweibettzimmer geschoben.

Die ersten beiden Stunden waren paradiesisch. Ich lag ganz still in meinem Bett und genoß die Ruhe nach dem Sturm. Durch das geöffnete Fenster wehte eine leichte vorfrühlingshafte Brise herein, die Gardinen bewegten sich leise im Wind, und meine Zimmernachbarin war so herrlich schweigsam.

Doch dann brachte man uns die Babys zurück. Mit einem lachenden und einem weinenden Auge sah, beziehungsweise hörte ich die kleine Invasion auf uns zurollen.

Maren war sehr unruhig. Alle zwei Stunden legte ich sie an, ignorierte meine bestialischen Nachwehen und seufzte schwermütig zum Fenster hinaus. Das Baby meiner Bettnachbarin – ein kleiner gelbgesichtiger Junge – verhielt sich mustergültig. Er verschlief den ganzen Vormittag und den halben Nachmittag. Um vier Uhr muckte er einmal kurz auf, aber nachdem er einen Schluck Milch getrunken und kräftig gebäuert hatte, pennte er sofort wieder ein.

Um sechs Uhr abends war ich restlos fertig mit den Nerven. Ich hatte seit einer Woche nicht mehr geschlafen, ich hatte eine schmerzhafte Geburt hinter mir, meine Brustwarzen waren wund, die Nachwehen quälten mich, und Maren wollte sich einfach nicht beruhigen lassen.

Ich sah sie an. Ich begann zu ahnen, daß aus diesem neugeborenen Wesen schnell – viel zu schnell! – ein richtiges Kind werden würde; daß aus diesen unendlich süßen, zarten Lippen nicht nur Bonmots perlen würden, sondern auch wilde Flüche und der gefürchtete Satz: »Ich hasse dich!« Daß aus diesen rührend kleinen Fäustchen ausgewachsene Fäuste werden würden, die alles zu Brei schlagen, was ihnen in die Quere kommt. Ich begann zu ahnen, daß dieses Kind mich viele tausend Stunden Arbeit und den letzten Rest meiner Kraft kosten würde.

Und plötzlich wußte ich, daß dieses Kind mit nahezu hundertprozentiger Wahrscheinlichkeit (und mit Gottes Hilfe!) mein letztes sein würde. Ich hatte die Lebensphase, in der man Kinder bekommt, abgeschlossen, für immer! Die Endgültigkeit dieser Entscheidung raubte mir einen Moment lang den Atem. Doch dann wurde mir klar, daß ich jetzt auch die Chance hatte, mein Leben in eine neue Richtung zu lenken. Vielleicht würde ich in drei, vier Jahren die Hände wieder für andere Dinge frei haben.

Ich liebte meine Kinder heiß und innig. Sie waren das Salz meines Lebens. Aber drei waren mehr als genug. Nun wollte ich sie in Ruhe genießen, ohne weiteren Schwangerschafts- und Entbindungsstreß.

Ich drückte den kleinen Körper an mich. Seine Nähe gab mir Trost. Aber ach, jetzt kamen mir doch die Tränen.

Um zehn Uhr abends durften wir die Babys endlich im Säuglingszimmer abliefern. Ich instruierte die Schwester, mich um Himmels willen nicht zu stören. In den ersten beiden Nächten wollte ich Ruhe haben, um jeden Preis.

Die Nacht war kurz. Erst konnte ich nicht einschlafen, und um vier Uhr morgens fand schon wieder das große Wecken statt. Um fünf Uhr schob man die Babys herein. Um acht Uhr gab's Frühstück. Ab zehn Uhr schwappte die große Besucherwelle ins Haus. Meine Zimmernachbarin hatte einen sehr großen Verwandten- und Bekanntenkreis. Andauernd standen irgendwelche Leute um ihr Bett herum. Einmal zählte ich neun Erwachsene und drei Kinder auf einen Schlag. Ich selbst bekam nur von meinen Eltern, Hans Wilhelm und den Kindern Besuch, Gott sei Dank.

Annika und Henning reagierten sehr unterschiedlich

auf ihre neue kleine Schwester. Während Annika sich mustergültig verhielt, benahm Henning sich unmöglich. Er konnte einfach nicht begreifen, daß er die kleine lebendige Babypuppe dort nicht jederzeit herausnehmen und abknuddeln durfte. Mehr denn je mußten wir uns in Diplomatie üben, auch wenn's schwerfiel.

Die Zeit im Krankenhaus ging mir gehörig auf den Wekker. Trotzdem war es gut, daß ich dort geblieben war. Während ich nach Hennings Geburt mit meinen Schmerzen und Sorgen allein zu Hause lag, befand ich mich jetzt unter lauter Leidensgenossinnen. Es war ein sehr tröstliches Gefühl, auf dem Weg zum Klo den anderen frischgebackenen Müttern zu begegnen; alle mit dem gleichen gehetzten Blick in den Augen, mit den gleichen plattgelegenen Frisuren und den gleichen geblümten Morgenmänteln über schwabbeligen Bäuchen.

Wenn wir uns ansahen, stumm und flüchtig, dann wußten wir Bescheid. Auch ohne große Worte. Selten hatte ich mich den anderen Frauen so verbunden gefühlt.

Ansonsten war ich total geschafft. Ich kam einfach nicht zum Schlafen. Ein- bis zweimal pro Nacht legte die Säuglingsschwester mir ein schreiendes Bündel ins Bett und sagte, es täte ihr außerordentlich leid, aber das Kind hätte einen Mordshunger und würde sich durch nichts und niemanden mehr beruhigen lassen.

Das einzig Positive an dem Krankenhausaufenthalt war das Essen. Der Chef de la cuisine hatte offensichtlich ein Faible für die fernöstliche Küche. Es gab Schinkenbananen auf Curryreis, süß-sauer eingelegtes Gemüse und viele andere exotische Köstlichkeiten.

»Der Koch spinnt mal wieder«, sagte die Stationsschwester jedesmal und tippte sich vielsagend an die Stirn. Aber mir schmeckte es. Und wie!

Nach einer Woche packte ich seufzend meine Sachen zusammen und fuhr nach Hause.

Der Einstieg ins Alltagsleben war grausam. Ich wußte kaum, wie ich meine vielfältigen Pflichten (Maren stillen, zwei Kinder wickeln, Annika zum Kindergarten bringen, kochen, waschen ...) unter einen Hut bekommen sollte. Es kostete mich unendlich viel Mühe, den Laden wenigstens halbwegs am Laufen zu halten. Ich war gereizt, nervös, erschöpft.

Hans Wilhelm erging es ebenso. Aber statt – wie bisher – zusammenzuhalten und die Sache gemeinsam durchzustehen, fielen wir wie zwei Berserker übereinander her. Wenn wir uns anbrüllten, wackelten die Wände.

Meistens war *ich* diejenige, die mit dem Stänkern anfing. Einen Grund dafür fand ich allemal: wenn Hans Wilhelm mit irgendwelchen Geschäftspartnern essen ging (»Mistkerl, verdammter! Haust dir auf Firmenkosten die Wampe voll, und wir sitzen hier und fressen Bratkartoffeln und Buletten ...«), wenn er nach der Arbeit zu Hause den Abwasch erledigte (»Sag mal, bist du wahnsinnig geworden? Die Tassen gehören links in den Schrank, nicht rechts.«), wenn er zu früh ging oder zu spät kam ...

Aber es lag nicht nur am Streß. Wir merkten auch so, daß wir uns im Laufe der letzten beiden Jahre voneinander entfernt hatten. Er ging nach »draußen«, ich blieb »drinnen«. Seine Sorgen waren nicht die meinen und meine nicht die seinen. Aus gleichberechtigten Partnern waren stinknormale Eheleute geworden, mit der gleichen zermürbenden Rollenverteilung wie bei unzähligen anderen Paaren auch. Normfamilie Müller-Meier-Schmidt. Keine Aussicht auf Veränderung, jedenfalls nicht in den nächsten Jahren. Jetzt hieß es nur noch ackern und schuften. Jeder auf seiner Seite, jeder ganz allein.

Warum hatte ich mich bloß ins Abseits katapultieren lassen? Warum war ich nach meinem Studienabschluß nicht bereit gewesen, den Sprung ins Berufsleben zu wagen? Weil mich das schlechte Gewissen plagte? Daran konnte es eigentlich nicht liegen. Hans Wilhelm war gerne bereit, den Vollzeit-Hausmann zu spielen – mit allen Konsequenzen. Weil ich Schiß vor der Verantwortung hatte? Oder weil ich – schlicht gesagt – zu faul war?

Wie auch immer: Jetzt konnte ich mich nicht mehr aus der Ecke, in die ich mich hineinmanövriert hatte, befreien.

Jetzt konnte ich nur noch rummeckern und keifen wie ein altes Weib. Selber schuld!

Irgendwann gipfelten unsere ständigen Auseinandersetzungen in einem riesengroßen Krach. Eine ganze Nacht lang standen wir senkrecht in den Betten und brüllten uns an. Eine ganze Nacht lang kotzten wir uns all unsere Wut und Enttäuschung vor die Füße. Im Morgengrauen hatten wir unser Pulver weitgehend verschossen.

»Was willst du eigentlich?« fragte Hans Wilhelm müde. »Was soll ich tun oder nicht tun oder anders tun? Was willst du *überhaupt*?«

Ich sah ihn an und spürte, wie mir die Tränen kamen.

»Wenn ich das wüßte«, heulte ich, »dann würde ich hier nicht sitzen und mich wie eine Verrückte aufführen!«

»Und wie soll es nun mit uns weitergehen?« fragte er. »Was haben wir denn noch für Perspektiven?«

Eine kalte Hand griff nach meinem Herzen. Dachte er etwa daran, abzuhauen und uns im Stich zu lassen? Nein, das konnte, das *durfte* nicht wahr sein. Wenn ich an etwas glaubte, dann an unsere unerschütterliche Verbundenheit. Wie konnte er die ernsthaft in Frage stellen? Wollte er uns denn allen den Boden unter den Füßen wegziehen?

Er sah das schrille Entsetzen in meinen Augen und fing an zu heulen. Er weinte! Das war seit ewigen Zeiten nicht mehr vorgekommen. Ich schoß hoch wie von der Tarantel gestochen und schmiß mich auf ihn drauf: »Ist ja gut. Nun wein doch nicht! Es tut mir so leid . . .«

Es war – trotz allem – ein reinigendes, heilsames Gewitter, das da auf uns niederging. Wir hatten dem Gespenst »Trennung« ins Gesicht geschaut, wenn auch nur flüchtig. Das Erschrecken darüber schweißte uns mehr zusammen als jeder noch so blumenreiche Liebesschwur.

Diese Nacht hatte zur Folge, daß wir a) wieder mehr Verständnis füreinander hatten, b) wieder rücksichtsvoller miteinander umgingen und c) Maren aus unserem Schlafzimmer ausquartierten. Bei so viel Streß und selbsterzeugtem Ärger war es kein Wunder, daß ich nach vier Wochen wieder eine Brustentzündung bekam. Nachdem ich sie halbwegs auskuriert hatte, bekamen wir eine saftige Magen- und Darmgrippe. Nur Maren blieb von dem Virus verschont. Sie lag in ihrem Stubenwagen und wurde zunehmend quengeliger. Nach einer Weile kam mir der Verdacht, daß ich wohl nicht mehr genügend Milch produzierte. Und richtig! Nach einem Tag Flüssigkeitsentzug stellte meine Brust die Milchproduktion vollständig ein und hing schlapp herunter. Nicht einen einzigen Tropfen gab sie mehr her. Hans Wilhelm mußte mitten in der Nacht zur Apotheke fahren und Kunstmilch besorgen.

Maren war tödlich beleidigt, als wir ihr den Silikonsauger in den Mund stopften, aber da sie einen Mordshunger hatte, blieb ihr gar nichts anderes übrig, als zu trinken.

Als ich wieder Flüssigkeit bei mir behalten konnte, fing auch meine Brust wieder an, sich zu füllen. Aber die Lust am Stillen war mir gründlich vergangen. Seit fast drei Jahren war ich entweder schwanger oder hatte ein Kind an der Brust hängen. Ich sehnte mich nach Ruhe, nach etwas weniger »Körperlichkeit«. Außerdem wollte ich endlich wieder Alkohol trinken oder auch mal eine Schmerztablette nehmen, wenn mir danach war.

Als mir nach zwei Wochen der verdammte Backenzahn gezogen werden mußte (und ich nicht mehr wußte, wohin vor Schmerzen!), hatte ich endgültig die Schnauze voll. Innerhalb kürzester Zeit stillte ich Maren ab. Zu meinem größten Erstaunen gedieh sie auch mit Kunstmilch prächtig. Was sich schon beim zweiten Kind abgezeichnet hatte, wurde beim dritten Kind zur Gewißheit.

Hans Wilhelm konnte noch nicht allzuviel mit unserem neuen Baby anfangen. Er kümmerte sich zwar rührend um Maren, wickelte und fütterte sie, aber man sah ihm deutlich an, daß er währenddessen mit den Gedanken ganz woanders war. Er hielt keine Zwiesprache mit ihr. Erst später – nachdem sie gelernt hatte, zu lächeln und bewußt zu reagieren – erlag er ihrem Charme mit Haut und Haaren.

Maren war ein freundliches, vielseitig interessiertes Baby. Im zarten Alter von fünf Monaten machte sie sich über unsere Wohnung her. Mit wachsender Fassungslosigkeit registrierte ich, daß mir schon wieder so ein kleiner Krabbler die Regale leer räumte, mit den Kochtöpfen schepperte und die Klobürste ablutschte. Bei der dritten Wiederholung fing es an zu nerven.

Aber irgendwann war auch das vorbei. Schnell, viel zu schnell, war aus dem kleinen schwarzhaarigen Baby ein lebhaftes, semmelblondes Kind geworden, das draußen mit den anderen herumtollte und seine Freiheit in vollen Zügen genoß.

Tja, was hatte sich seit Marens Geburt geändert? Nun, zunächst mal lernten Hans Wilhelm und ich die Grenzen unserer Belastbarkeit kennen. Außerdem mußten wir erfahren, daß man mit zwei Händen keine drei Kinder festhalten kann. Ansonsten blieb aber alles beim alten.

Klassentreffen

Im Alter von (fast) dreißig Jahren zieht man schon mal eine erste Bilanz. Das Leben liegt nicht mehr wie ein ausgebreiteter Teppich mit tausend Wegen und Möglichkeiten vor einem. Die ersten Weichen sind eindeutig gestellt.

Neulich hatte ich Gelegenheit, einen Blick in die Vergangenheit zu werfen und meine früheren Entscheidungen noch mal zu überprüfen.

Zehn Jahre Abitur hieß die Überschrift auf der Einladungskarte, die mir ins Haus flatterte. Anläßlich dieses Ereignisses lud uns eine ehemalige Mitschülerin zu einem Klassentreffen in unser Heimatstädtchen ein.

Ich freute mich unheimlich darauf; gleichzeitig fragte ich mich aber auch besorgt, ob die anderen in mir nicht nur das »Muttchen vom Lande« sehen würden.

So fuhr ich denn mit bangem Herzen nach Hause zu meinen Eltern. (Dort wollte ich nach dem Treffen nächtigen.)

Es war schon ein komisches Gefühl, sich alleine ins Auto zu setzen und loszubrausen. Die ganze Zeit hatte ich das Gefühl, etwas enorm Wichtiges zu Hause vergessen zu haben. Das ging so weit, daß ich den nächsten Autobahnrastplatz ansteuerte, den Wagen anhielt und meine Sachen durchwühlte. Irgend etwas fehlte. Aber was? Meine Ausgeh- und Renommierklamotten? Schminksachen, Zahnbürste, Schlafanzug? Nein, offensichtlich hatte ich an alles gedacht. Nachdenklich kaute ich an meiner Unterlippe.

Plötzlich fiel es mir wie Schuppen von den Augen. Natürlich! Ich hatte die Kinder vergessen. Das war's. Wenn sie nicht da waren, hatte ich immer das Gefühl, daß ein unsichtbares, aber lebensnotwendiges Stück von mir fehlte. Ich war nicht vollständig. Und prompt sehnte ich mir die kleinen Krachmacher wieder herbei. Ich brauchte diesen spezifischen Hintergrundlärm, der mir signalisierte, daß alles in Ordnung war. Wenn der ausblieb, war ich von einer bohrenden Unruhe erfüllt. Das konnte mir die Freude am Alleinsein ganz schön vermiesen.

Aber heute, an diesem bedeutsamen Tag, war ich nicht bereit, irgendwelche dubiosen Gefühle in mir aufkeimen zu lassen. Dazu waren mir die nächsten Stunden viel zu kostbar. Also Schluß damit!

Ich lenkte den Wagen wieder Richtung Autobahn und drückte ordentlich auf die Tube.

Es war schon ein komisches Gefühl, ohne Anhang bei meinen Eltern zu erscheinen. Seit zehn Jahren war ich nur zu zweit oder dritt oder viert oder fünft gekommen, aber nie allein. Verlegen standen wir uns gegenüber und konnten einfach nicht warm miteinander werden.

Am späten Nachmittag zog ich mich erleichtert ins Badezimmer zurück, kippte eine halbe Flasche Fichtennadelschaumbad in die Wanne und drehte den Heißwasserhahn auf. Dann zog ich mich langsam aus, überprüfte mit dem großen Zeh die Wassertemperatur und ließ mich genüßlich ins heiße Naß gleiten. Ahhh! Heiß, schön heiß. Ich plätscherte ein bißchen mit den Füßen und atmete tief durch. Ahhh! Wunderbar. Dieser Duft! Wenn man die Augen schloß, konnte man sich glatt vorstellen, daß man auf einer Waldlichtung in der Sonne lag, dösend und träumend.

Nach einer Stunde rappelte ich mich mühsam auf, kratzte all meinen Mut zusammen und stellte mich unter die kalte Dusche. Nachdem ich auf diese Art und Weise meinen inneren Schweinehund bekämpft hatte, verließ ich fluchtartig die Badewanne und rubbelte mich trocken. Uhhh! Das tat gut.

Anschließend stellte ich mich vor den Spiegel und beschäftigte mich hingebungsvoll mit den Spuren meiner 29 Lebensjahre. An guten Tagen und bei richtiger Beleuchtung konnte ich immer noch ganz passabel aussehen. Ich war so schlank wie eh und je. Nur der Busen saß nicht mehr dort, wo er eigentlich sitzen sollte. Aber das machte mir nichts aus. Im Gegenteil, wenn ich mich nackt vor den

Spiegel stellte und meinen Körper betrachtete, die tief hängenden Brüste, die Dehnungsstreifen, die Narbe von der Blinddarmoperation, dann empfand ich fast so etwas wie Stolz. Jede kleine Veränderung stand für einen großen Sieg. Ich wollte sie nicht verstecken, sondern vorzeigen. Deshalb trug ich in der Schwimmhalle auch keinen einteiligen Badeanzug, sondern den knappsten Bikini, den ich auftreiben konnte, auch in den Schwangerschaften. Ich verstand mich als eine Art Aufklärerin in Sachen »weiblicher Körper«. Bislang hatte ich mit meiner provozierend zur Schau getragenen Halb-Nacktheit noch keine schlechten Erfahrungen gemacht. Im Gegenteil, die mehr oder weniger versteckten Seitenblicke waren durchaus freundlicher Natur.

Wie die anderen jetzt wohl aussahen? Und was die nach dem Abi so getrieben hatten? Von ihren damaligen Plänen wußte ich wenig. Daß wir würden fortgehen müssen, war klar. Es gab keine Arbeit für uns in der Provinz, keine vernünftigen Ausbildungs- und Studienplätze.

Ein paar von uns – die Alteingesessenen, die partout nicht weg wollten – strebten notgedrungen eine Behördenlaufbahn an. Für den Rest mußten die Wanderjahre beginnen.

Ob die anderen das auch so empfunden hatten?

Ob sie auch ein neues Zuhause gefunden hatten?

Ich wischte die trüben Erinnerungen fort und begann, mir die Haare zu föhnen.

Nach einer halben Stunde war ich fertig und setzte mich zu meinen Eltern in die Küche. Meine Mutter kochte Kaffee, und es begann wieder ein bißchen so zu werden wie früher. Gemütlich saßen wir zusammen, futterten Bienenstich und tratschten über Gott und die Welt.

Gerade wollte ich – dezent rülpsend – meinen Hosengürtel ein Loch weiter stellen, da stand meine Cousine Heike in der Tür. Sie war mit mir zusammen zur Schule gegangen und wollte mich nun zum Klassentreffen abholen. Halb bedauernd, halb erfreut verabschiedete ich mich von meinen Eltern und setzte mich zu ihr ins Auto.

Mir schlug das Herz fast bis zum Halse, als wir die gemütliche Kneipe in der Innenstadt betraten. Es dauerte eine Weile, bis ich mich an das Schummerlicht dort gewöhnt hatte. Dann fiel mein suchender Blick auf ein paar Schickimickitypen im Hintergrund. Irgend etwas schien gerade ihre Heiterkeit erregt zu haben, denn sie brachen in lautes Gelächter aus. Waren sie's nun, oder waren sie's nicht? Gerade wollte ich mich ratsuchend an Heike wenden, da sprang eine von ihnen auf und schrie: »Huhu, hier sind wir!«

Zögernd und ungläubig näherten wir uns der Gruppe. Aber sie waren's tatsächlich: Marlis, Beate, Heidi, Silke, Andrea und all die anderen. Ein einziger – mir unbekannter – junger Mann verlor sich zwischen all den Frauen.

Und diese Frauen... mannomann! Viele von ihnen im Seidenblazer. Gürtel, Schuhe, Tasche, einfach alles paßte zusammen. Und dabei wirkte das Ganze noch nicht einmal protzig oder aufgetakelt. Im Gegenteil, sie sahen einfach toll aus. Und irgendwie gut durchblutet. (Wahrscheinlich hatten sie auch alle den Nachmittag in der Wanne verbracht!)

Man machte Platz für uns. Allgemeines Stühlerücken und verlegenes Gekicher. Ich fühlte mich auf einmal ganz leicht und beschwingt. So, als hätte ich die drei Gläser Wein, die ich mir für den Abend zugestanden hatte, schon intus. Was war das aber auch für ein schönes Gefühl, endlich mal *herauszukommen*. Zwischen halbwegs vertrauten Leuten zu sitzen, ohne Kinder, ohne Mann.

Für ein paar Stunden fröhlich in die Vergangenheit tauchen. Single sein – jung und frei. Wein trinken und sich ein wenig gehenlassen. Und sich einen Dreck drum scheren, welchen Eindruck man hinterließ.

Neben mir saßen Fritzi und Heidi. Gegenüber der junge Mann, den ich nach einigen prüfenden Blicken schließlich als Nico identifizierte. Er gehörte damals zu der männlichen Minderheit in unserer Klasse (auf neunzehn Mädchen kamen nur drei Jungen). Nico wurde stets von vorne bis hinten bemuttert, ob er wollte oder nicht.

Heidi war früher unser blondes »Seelchen«. Sie arbeitete nach dem Abitur zunächst als Hosteß auf einem Luxusdampfer. Da sie aber ständig über der Reling hing und kotzte, gab sie diesen Job sehr schnell wieder auf.

Später zog sie nach Bremen und wurde Krankenschwester. Im Moment arbeitete sie halbtags auf der Intensivstation und studierte »nebenbei« Sinologie. Was sie später mit ihrem Abschluß machen wollte, wußte sie aber auch noch nicht. Ich war baff, ausgerechnet Heidi! Das hätte ich ihr nie zugetraut.

Sie gratulierte mir noch zu meinen drei Kindern. Am liebsten hätte sie auch ein halbes Dutzend. Aber die Geburten, o weh! Sie hätte da im Krankenhaus Dinge erlebt... Grausig!

Fritzi hatte Biologie studiert und war seit Beendigung ihres Studiums arbeitslos. Finanziell hielt sie sich mit irgendeiner Gutachtertätigkeit halbwegs über Wasser, aber es wurde – wie sie verbittert bemerkte – langsam Zeit, mal einer geregelten Tätigkeit nachzugehen. Schließlich war sie fast dreißig Jahre alt. Da sehnte man sich schon nach ein paar Konstanten im Leben. Auch sie beglückwünschte mich herzlich zu den Kindern. Mit stolzgeschwellter Brust zog ich eine ganze Batterie von Fotos aus meiner Handtasche und blätterte sie ihr vor. Ich glaube, ihre Begeisterung beim Betrachten der Bilder war echt. Zumindest gab sie mir das Gefühl, etwas unheimlich Kostbares und Wunderbares zu besitzen.

Sie selber schien noch nie ernsthaft darüber nachgedacht zu haben, ob sie Kinder wollte oder nicht. Wahrscheinlich versuchte sie erst, ihr berufliches Leben in geregelte Bahnen zu bringen.

»Warte nicht zu lange«, wollte ich ihr raten, hielt dann aber doch meinen Mund. Was ging's mich an.

Mittlerweile waren die Damen Schulz, Lembke und Scherrinsky eingetroffen, unsere ehemaligen Lehrerinnen für Ernährungslehre, Hauswirtschaftslehre und Deutsch.

Wir besuchten damals ein sogenanntes »ökotrophologisches Gymnasium«, auch »Hauswirtschaftsgymnasium« genannt. (Lästermäuler bezeichneten das Ganze schlichtweg als »Puddinggymnasium«.) Neben den normalen naturwissenschaftlichen und humanistischen Fächern hatten wir dort auch Unterricht in Ernährungslehre, Hauswirtschaftslehre und Textilkunde. Selbst im Fach »Kochen« mußten wir Abitur machen.

Im Grunde genommen war das Ganze ein Auffangbekken: für ehemalige Realschüler, die noch keine Lust hatten, den Sprung in die Arbeitswelt zu machen (dazu gehörte ich), und für die verkrachten Existenzen, die an herkömmlichen Gymnasien – aus was für Gründen auch immer – gescheitert waren. Alles in allem waren wir ein buntgewürfelter Haufen, der sich nur schwer zusammenraufen konnte. Zu unterschiedlich waren die Charaktere. Phlegmatisch die einen, streitlustig die anderen. Auffangbecken oder nicht, für mich würden diese drei Jahre auf dem Gymnasium immer eine besondere Bedeutung haben, denn dort hatte ich Hans Wilhelm kennen- und liebengelernt.

An Frau Schulz schien die Zeit spurlos vorübergegangen zu sein. Ihr flaches Gesicht mit den hohen Wangenknochen war noch genauso glatt und faltenfrei wie vor zehn Jahren. Dabei mußte sie mittlerweile Mitte bis Ende Vierzig sein.

Die anderen beiden Frauen waren jedoch sichtbar gealtert. Ich registrierte dies mit der typischen Überheblichkeit der Jugend, die glaubt, irgendwie würde der Kelch des Alterns schon an ihr vorüberwandern.

Ich bestellte mir ein zweites Glas Wein und setzte mich zu Maren.

Früher war ich dieser Frau immer aus dem Weg gegangen. Ihre Schönheit, ihre Arroganz und ihre unbändige Streitlust wirkten sehr beängstigend auf mich. Sie war die Schlange und ich das Kaninchen!

Offensichtlich hatte ich meine damaligen Komplexe überwunden, denn mir wurden in ihrer Gegenwart nicht mehr automatisch die Knie weich. Also konnte auch ein so dummes Huhn wie ich mit den Jahren reifen und selbstsicherer werden.

Maren unterhielt sich gerade mit Frau Schulz über ihr berufliches Schicksal. Nach ihrem Kunstpädagogikstudium und dem anschließenden Referendariat fand sie über Jahre hinweg keine Arbeit. Nun war sie dabei umzuschulen. Sie lebte mit einem Kinobesitzer zusammen und hatte einen zweijährigen Sohn. An ihrer ständigen bohrenden Unzufriedenheit mit dem Leben schien sich aber nichts geändert zu haben. (An meiner ja auch nicht.)

Dann wollte Frau Schulz wissen, was ich denn beruflich so machen würde.

Ihre Frage gab mir einen kleinen Stich. Eigentlich wollte ich sehr gerne »nebenher« arbeiten, am liebsten freischaffend und zu Hause. Aber irgendwie hatte ich den Absprung noch nicht geschafft. Das lag nicht nur an den drei Kindern und der damit verbundenen Arbeit. Ich hatte auch einfach Angst vor dem Einstieg ins Berufsleben.

Die Möglichkeit, »richtig« außer Haus zu arbeiten, lag ebenfalls noch in zu weiter Ferne. Ich brachte es nicht fertig, Pläne für etwas zu machen, was vielleicht erst in fünf oder zehn Jahren sein würde.

Das alles versuchte ich, Frau Schulz mit ungeschickten Worten zu erklären. Aber ich hatte den Eindruck, daß sie (als Single) nicht nachvollziehen konnte, was da in mir vorging. Dieses finanzielle In-der-Luft-Hängen, diese materielle Abhängigkeit von einem anderen, mußte für sie etwas Befremdliches haben. Ich war maßlos verärgert. Wie stand ich denn jetzt vor ihr da? Die mußte mich doch für meschugge halten. 29 Jahre alt und noch keinen einzigen Tag im Leben »richtig« gearbeitet. Das stank ja meilenweit nach Unfähigkeit!

Ich brütete ein paar Minuten lang still vor mich hin, aber dann kehrte meine gute Laune wieder zurück. Ich würde mir doch meinen ersten freien Abend seit langer Zeit nicht mit irgendwelchen Querelen verderben.

Meine ursprüngliche Sorge, die anderen könnten in mir nur das »Muttchen vom Lande« sehen, zerschlug sich übrigens im Laufe des Abends. Im Gegenteil: Man brachte den anderen Müttern und mir ein beachtliches Maß an Bewunderung entgegen. Sie hielten unser Leben für wesentlich erfüllter als ihres. (Wenn man es immer wieder hörte, fing man tatsächlich an, es zu glauben.)

Nur eines versetzte mich in Erstaunen. Von zweiundzwanzig ehemaligen Mitschülern hatten nur sechs Kinder. Wenn man sich unser Durchschnittsalter von immerhin dreißig Jahren vor Augen hielt, war das bemerkenswert wenig. So einfach war das eben nicht. Zum Kinderkriegen gehörte in erster Linie ein Partner, auf den man sich voll verlassen konnte. Und an dem haperte es eben, wie manche freimütig zugaben.

Was diesen Punkt anging, hatte ich wirklich Glück gehabt. Hans Wilhelm war mir Freund, Kamerad und Geliebter in einer Person. Sicherlich, wir stritten uns manchmal ein bißchen, aber das gehörte doch dazu. So ein kleiner Streit war doch das Salz in der Suppe.

Manchmal fragte ich mich, wie mein Leben wohl ohne ihn verlaufen wäre. Womöglich hätte ich diesen leistungsgeschwängerten Lackaffen geheiratet, der mir vor ewigen Zeiten – aus völlig unverständlichen Gründen – den Hof gemacht hatte. Mein Leben wäre nach einem vorgezeichneten Muster verlaufen, ohne Überraschungen, ohne Tiefen, aber auch ohne besondere Höhen. Ich hätte einen notorisch arbeitswütigen Mann, zwei verwöhnte Kinder und ein gepflegtes Eigenheim mit allen nur denkbaren Annehmlichkeiten. Den Sommerurlaub würden wir auf den Malediven verbringen, den Winterurlaub in St. Moritz. Eine grausige Vorstellung!

Und was wäre, wenn ich *keinen* Partner abbekommen hätte? O Schreck! Eine kalte Hand griff nach meinem Herzen. Ich hatte – wenn man von dem ersten Studienjahr mal absah – niemals allein gelebt. Immer gab es da jemanden, mit dem ich mich beraten, auf den ich mich stützen, mit dem ich mich freuen konnte; erst meine Eltern, dann Hans Wilhelm. Ohne festen Partner war ich verloren. Ich war total bindungsfixiert. Das brachte natürlich auch ein paar Nachteile mit sich. So hatte ich beispielsweise nie gelernt, eigene Entscheidungen zu treffen und gegen alle Widerstände durchzudrücken. Immer war ich auf die wohlwollende Zustimmung Dritter angewiesen. Und wenn ich die nicht bekam, ließ ich das Ganze eben bleiben. So was Unselbständiges wie mich hatte die Welt noch nicht gesehen. Wahrscheinlich hätte es mir ganz gut getan, mal eine Weile solo zu bleiben. Aber was half's. Ich war Hans Wilhelm nun mal schon im zarten Alter von 17 Jahren begegnet. Hätte ich mir diesen tollen Mann etwa durch die Lappen gehen lassen sollen? So einen Goldschatz bekam man nicht alle Tage. Da hieß es dranbleiben.

Mit dem dritten Glas Wein in der Hand setzte ich mich zu Marlis. Sie war Lehrerin und unterrichtete seit fünf Jahren an unserer ehemaligen Schule die Fächer Ernährungslehre und Biologie.

Während wir uns unterhielten, musterte ich sie neugierig. Komisch, sie schien sich überhaupt nicht verändert zu haben; dabei hatte sie doch mittlerweile die »Seite« gewechselt. Sie war immer noch der liebe, nette Kumpel, mit dem man Pferde stehlen konnte.

Trotzdem, irgend etwas störte mich. Ich glaube, es hing mit ihrem Beruf zusammen. Lehrerin! Also, für mich wäre das nichts: erst Schule, dann Studium, dann wieder Schule – bis zur Pensionierung. Ein ewiger Kreislauf, total abgehoben, ohne Realitätsbezug.

In irgendeinem Psychologieschinken hatte ich mal gelesen, daß ein »normaler« Lehrer die Mutterbrust nur hergab, wenn er die Gewißheit hatte, daß er sofort an der Staatsbrust weiternuckeln konnte. Auch wenn ich diese Charakterstudie für maßlos übertrieben hielt, ein Körnchen Wahrheit war vielleicht dran. Die meisten Lehrer ließen sich doch niemals richtig den Wind um die Nase wehen.

Ich stand lieber jahrelang draußen im Regen, als stets und immer auf Nummer Sicher zu gehen. So hatte ich wenigstens das Gefühl, nichts versäumt zu haben.

Aber natürlich: Irgend jemand mußte diesen Scheißjob

ja schließlich machen. Man konnte wirklich froh sein, daß es immer noch ein paar Freiwillige gab, die bereit waren, den zermürbenden Kampf mit diesen teils wilden und chaotischen, teils lahmarschigen und ignoranten Schülern aufzunehmen.

Marlis war auf jeden Fall eine der Nettesten und Fähigsten ihres Berufsstandes. Sie machte einen rundherum zufriedenen Eindruck.

Also, Schluß mit der Lästerei. (Die armen Lehrer sind schon genug Ressentiments ausgesetzt; dem will ich nicht auch noch Vorschub leisten.)

Mittlerweile hatte ich alle meine Hemmungen verloren, bestellte mir ein viertes Glas Wein und prostete den anderen fröhlich zu. Dann rutschte ich zwei Plätze weiter zu Andrea, die mir in der Schulzeit besonders vertraut gewesen war.

Sie hatte es in den letzten zehn Jahren auch nicht gerade leicht gehabt. Nach einer anstrengenden und stumpfsinnigen Ausbildung zur Substitutin wurde sie von ihrem Arbeitgeber (einem großen Warenhauskonzern) nach Süddeutschland versetzt. Auch dort war die Situation nicht viel erfreulicher. Substituten und Abteilungsleiter wurden nämlich verstärkt im Verkauf eingesetzt, als Ersatz für die – im Zuge des Personalabbaus – entlassenen Verkäufer. Für Andrea war es unendlich frustrierend, ihr Leben als Quasikassiererin fristen zu müssen; ihre eigentlichen Aufgaben – Einkauf, Werbung, Personaleinsatzplanung – wurden ihr nach und nach aus der Hand genommen.

Nach fünf Jahren hatte sie die Nase voll und fing noch einmal ganz von vorne an, bei der Bundesanstalt für Arbeit. Während ihrer Ausbildung pendelte sie wieder notgedrungen zwischen zwei Städten hin und her. Derzeit war sie bei der BA im Fachvermittlungsdienst tätig. Dort versuchte sie mehr oder weniger erfolglos, Magister, Lehrer, Politologen, Soziologen und Publizisten an den Mann zu bringen. Die Arbeit schaffte sie; abends war sie manchmal ganz erledigt. Was sollte sie ihnen auch sagen, diesen überqualifizierten Akademikern mit wenig Aussicht?

Sie war nicht verheiratet, lebte aber mit ihrem Dauerfreund Franz zusammen. Kinder? Nein, der Franz wollte sich nicht binden.

Voller Sympathie und Wärme sahen wir uns an. Vergessen war der Streit, der uns in den letzten Monaten unserer Schulzeit entzweit hatte. Die Zeit heilt wirklich Wunden. Man war ja so tolerant geworden mit den Jahren.

Der Abend verging, und tausend »Weißt-du-nochs« reihten sich zu einer langen Kette von Erinnerungen zusammen. Gemeinsam beschworen wir die damalige Zeit wieder herauf. Was hatten wir aber auch für Träume. Mit spitzer Zunge wollten wir die Welt verändern, es besser machen als die Generationen vor uns. Aber es war nicht viel dabei herausgekommen. Das Leben unserer Eltern schien sich in uns zu wiederholen, so als hätte die Platte einen Sprung. Mittlerweile hatten wir es längst aufgegeben zu hoffen, daß mit uns irgend etwas neu beginnen könnte. Was wir auch sagten oder taten, es reichte nicht aus, um Bestehendes zu verändern und Geschehenes ungeschehen zu machen. Die ganze schöne Aufbruchstimmung unserer frühen Jahre war dahin. Jeder spürte es, und jeder hatte sich – auf seine Art und Weise – mit dieser Tatsache arrangiert. Das einzige, was blieb, war ein störender Nachgeschmack von Wehmut und Resignation im Kopf und im Bauch.

Die Gespräche wurden allmählich ruhiger; die Stimmung war weinselig und schön. Um zwölf Uhr machte das Lokal dicht. Wir standen auf der Straße und mochten noch nicht nach Hause. So beschlossen wir, unsere ehemalige Stammkneipe in der Innenstadt aufzusuchen.

Ich hakte mich gutgelaunt und leicht angetrunken bei Andrea unter. Gemeinsam spazierten wir durch die Fußgängerzone. Welche eine Prozession!

Und erst der Einzug in die Eckkneipe. Seidenblazer und Krokopumps wirkten hier doch leicht fehl am Platze. Verlegen zwängten wir uns auf die engen harten Holzbänke und fühlten uns so unbehaglich und belauert wie in Feindesland.

»Was wollen *die* denn hier?« fragte ein brünetter Jeans-Jüngling seinen Tischnachbarn verwundert. Diese Bemerkung nahm uns schlagartig den Wind aus den Segeln. Einen Moment lang waren wir ganz still und versuchten, das Gehörte zu verdauen. Erst danach löste sich unsere Erstarrung. So eine Frechheit!

He, ihr unverschämten Kerle da drüben, was glotzt ihr uns so an?

Vor gar nicht so langer Zeit gehörten wir doch noch zu euch. Warum bootet ihr uns auf einmal aus? Haben wir uns denn so verändert? Sicherlich, wir kleiden uns anders, aber sonst...? Wir mögen sogar die gleiche Musik wie ihr. Aber in euren Augen zählt das nicht. Ihr haltet die Distanz zwischen uns unerbittlich aufrecht. Uns trennen wirklich mehr als die läppischen zehn Jahre. Uns trennen Welten!

Natürlich: »Trau keinem über Dreißig.« Diesen platten Spruch habe auch ich früher beherzigt. Inzwischen weiß ich es besser. (Wirklich?) Na ja, ich will ehrlich sein. Auch ich verspüre noch diese übergroße Distanz zu den sogenannten »älteren« Leuten, aber ich betreibe ihnen gegenüber nicht eine so unverblümte und aktive Ausgrenzungspolitik wie ihr. Im Gegensatz zu euch habe ich nämlich kapiert, daß das Alter unser aller Zukunft ist. Es gibt keinen Grund, sich darüber lustig zu machen. Also bitte, grinst uns gefälligst nicht so mitleidig und abfällig an! Wir sind nicht die maßlos lächerlichen Subjekte, die ihr in uns seht. Wir sind uns immer noch ähnlich, ihr wollt es nur nicht wahrhaben.

Es wollte keine rechte Stimmung mehr aufkommen in der hellen, lauten Kneipe an der Ecke, wo das lebende (und das tote) Inventar so massive Vorbehalte gegen uns zu haben schien. Nach einem knappen Stündchen gaben wir entnervt auf und verließen den Ort des Geschehens. Draußen nahmen wir tränenreich Abschied voneinander und beschlossen, uns in zehn Jahren wiederzusehen.

Positionen

Annika ist die Älteste. Sie hat es schwer. Immer und ewig soll sie auf ihre kleinen Geschwister aufpassen, wo sie doch selber kaum aus den Windeln heraus ist. Und wenn was passiert, ist sie mal wieder schuld. Weil sie nicht rechtzeitig Bescheid gesagt hat. Und wenn sie *doch* rechtzeitig Bescheid sagt, ist sie für die anderen Kinder eine blöde Petze. Ach ja, sie kriegt Druck von oben und Druck von unten.

Alles muß sie mit ihren nervigen, kleinen Geschwistern teilen: ihr Zimmer, ihre Stofftiere, ihre Puppen, ihren Papa, ihre Mama... Kein Wunder, daß sie oft böse wird und mit den Türen knallt.

Aber manchmal hat sie die beiden Kleinen auch sehr lieb. Dann spielt sie mit ihnen Vater-Mutter-Kind. Sie bauen sich eine Höhle, polstern sie mit Kissen aus und kuscheln zu dritt.

Manchmal hat sie auch Angst um ihre Babys. Wenn die beiden Fieber haben und wie zwei schlaffe Vögelchen zerbrechlich-zart in ihren Betten liegen, dann weicht sie keine Minute von ihrer Seite. Bis sie gesund sind! Dann fangen sie sofort wieder an zu stänkern.

Henning ist der Mittlere und hat es schwer. Gehört er nun zu den Großen oder zu den Kleinen?

Er ist groß genug, um sein Zimmer abends aufzuräumen, nachts durchzuschlafen und morgens seinen umgekippten Kakao gefälligst selber aufzuwischen.

Er ist zu klein, um Papa beim Heimwerken zu helfen, Mamas Schminke zu benutzen und auf Annikas Fahrrad zu fahren.

Manchmal weiß er gar nicht, wo er steht. Kein Wunder, daß er oft böse wird und mit den Türen knallt.

Gott sei Dank ist er wenigstens ein Junge und nicht so ein blödes Mädchen. Oma und Opa nennen ihn zärtlichvergnügt »Stammhalter« und »Kronprinz«. Ihm ist zwar nicht ganz klar, welchen Stamm er denn nun angeblich hält; aber daß er ein richtiger Prinz ist, weiß er spätestens seit dem letzten Fasching.

Maren ist die Kleinste. Sie hat es schwer, denn keiner nimmt sie ernst.

Von morgens bis abends bemüht sie sich, etwas Ordnung in diesen Haushalt zu bringen. Jedes Ding hat doch seinen Platz: die Bratpfanne unterm Sofakissen, die Klobürste im Bett, die Blumenerde im Mund.

Besonders die sanitären Anlagen haben es ihr angetan. Aber da verstehen Papa und Mama keinen Spaß. Können die denn wirklich nicht verstehen, welchen tiefen Sinn es hat, alle fünf Zahnbürsten auf einmal ins Klo zu schmeißen und abzuziehen? Niemand honoriert ihre Bemühungen. Es ist doch zum Verzweifeln! Kein Wunder, daß sie manchmal böse wird und mit den Türen knallt.

Ein Gutes hat die Sache allerdings. Sie ist der erklärte Liebling der ganzen Verwandtschaft. Ihrem kleinkindlichen Charme kann sich niemand entziehen, und das weiß sie auch genau. Sie wandert von einem Schoß auf den anderen und läßt sich mit Schokolade und Bonbons füttern. Daher auch ihre barocken Formen.

Keiner der drei ist so recht zufrieden mit seiner Position in der Geschwisterfolge. Aber tauschen möchten sie auch nicht.

Stadtbummel

Alle halben Jahre ist es soweit: Unsere Kinder brauchen neue Klamotten, aber schnell! Ihre Pullis sind mit unzähligen Tomaten-, Karotten- und Kirschflecken übersät. Ihre Jeans kann man vor lauter Triangelrissen und Aufbügelflikken gar nicht mehr als solche erkennen. Und ihre Halbschuhe schlappen in komischer Charlie-Chaplin-Manier vorne auf. Es ist ein Trauerspiel.

Es war jedesmal eine furchtbar schweißtreibende Sache, mit unseren Kindern in die Stadt zu fahren. Das fing schon bei den Vorbereitungen an. Zunächst mußten wir uns auf einen Termin einigen, eine detaillierte Einkaufsliste erstellen und uns mit Bargeld und Eurocheques eindecken. Am Tage X mußten wir in aller Herrgottsfrühe aufstehen und unsere Sachen packen: Windeln, Öl und Creme für Maren, Reserveunterhöschen für Henning, Schmusetiere und Bilderbücher für die Anreise, Kekse und Saftpäckchen für die Pause, ein feuchter Waschlappen für die Klebefinger, Taschentücher, Pflaster und Verbandszeug, Schirme, Regenjacken und ... und ... und ... Wenn wir mit dem Packen endlich fertig waren, hatten wir schon gar keine Lust mehr loszufahren.

In der Stadt fing das Theater erst richtig an. Es war fast ein Ding der Unmöglichkeit, unsere drei Banausen zu beaufsichtigen. Sie schossen in alle Himmelsrichtungen auseinander und ließen sich nur sehr schwer wieder einfangen. Letzte Woche stand uns mal wieder eine dieser schrecklichen Einkaufstouren bevor.

Am Vorabend tüftelten Hans Wilhelm und ich einen richtigen Schlachtplan aus; darin legten wir nach optimalen strategischen und taktischen Gesichtspunkten fest, wer wo was zu kaufen hatte. Nach einem abschließenden Umtrunk gingen wir ins Bett.

Am nächsten Morgen wachten die Kinder natürlich

schon um halb sechs auf und spielten zwei Stunden lang voller Inbrunst Winnetou und Old Shatterhand (wobei Hans Wilhelm und mir die Rollen der beiden Gäule zudacht wurden). Anschließend waren sie fix und fertig! Es kostete uns schon einiges an Kraft und Nerven, die schreienden Bälger ausbruchsicher in ihren Autositzen festzuschnallen. Den »Schlachtplan« vergaßen wir in der Hektik natürlich.

Kaum waren wir losgefahren, fielen die beiden Kleinen hinten in einen unglücklich verkrümmten Schlaf. Annika saß da und schmollte.

In Lübeck versuchten wir die kleinen Schläfer behutsam zu wecken, was jedoch erwartungsgemäß in Geschrei endete. Erst nachdem wir ihnen einen abschließenden Besuch in jenem weithin bekannten, amerikanischen Fastfood-Restaurant in Aussicht gestellt hatten, beruhigten sie sich.

Ich fürchtete mich vor den nächsten Stunden und wäre am liebsten wieder umgekehrt, aber was half's. Es mußte nun mal sein.

Wir bauten uns am Anfang der Fußgängerzone auf, versuchten uns an die wichtigsten Punkte unserer Einkaufsliste zu erinnern und machten uns gottergeben auf den Weg.

Die Kinder brauchten neue Halbschuhe. Maren hatte Schuhgröße 22, aber ihr stand der Sinn eher nach schwarzen Lackschuhen Größe 25. Stolz schlappte sie durch den Laden. Henning mochte überhaupt keine Schuhe anprobieren, sondern lieber auf der großen Rutsche rutschen, bitte, Mama. Annika konnte sich nicht entscheiden. Sollte sie lieber die blauen Schuhe mit dem grünen Rand oder die grünen mit dem blauen Rand nehmen? Drücken taten sie ja alle beide. Aber das sagte sie schon gar nicht mehr, weil Papa und Mama und die Frau in dem roten Kittel dann *noch mal* das blöde Meßgerät holen und ihren Fuß darin einquetschen würden. Und das konnte sie auf den Tod nicht ausstehen.

Irgendwann war es geschafft. Wir verließen erleichtert

das Schuhgeschäft. An Marens Buggy steckten die ersten drei Fähnchen.

Nun stand uns das Schwierigste bevor. Der Hosenkauf!

Es gibt wohl kaum eine Sache, die meine Kinder mehr auf die Palme bringt als das ständige An- und Ausziehen von langen Hosen.

Schon beim Betreten des Kaufhauses ahnten sie, was ihnen bevorstand, und gingen stachelig in die Defensive.

Erfahrungsgemäß durften wir hier nicht lange fackeln. Während ich den zappelnden Henning festhielt, zerrte Hans Wilhelm ihm die Hose herunter. Wir zwängten ihn auf bloßen Verdacht hin in eine Jeans Größe 98. Nun ja, etwas weit und lang war sie ja noch, aber was sollte es. Mit Hosenträgern würde es schon gehen. Und der Preis? Meine Hand tastete suchend in der Hose herum. Wo war denn bloß dieses verdammte Preisschild? Henning schrie und krümmte sich vor Lachen. Endlich hatte ich es gefunden und warf einen flüchtigen Blick darauf. Nun ja, man wollte ja nicht knauserig sein. Außerdem konnten wir *darauf* jetzt keine Rücksicht mehr nehmen.

Inzwischen war Maren stiftengegangen. Mir brach der Schweiß aus. Wo war das Kind? Vor meinem geistigen Auge tauchten schreckliche Bilder auf: Maren, mit den Haaren in die Rolltreppe geraten und skalpiert; Maren, in den Fahrstuhlschacht gestürzt; Maren, von einem bösen Onkel mit Bonbons aus dem Kaufhaus gelockt; Maren, von einer Psychopathin entführt. Während Hans Wilhelm bei den anderen Kindern blieb, machte ich mich auf die Suche.

Fieberhaft hetzte ich die Gänge entlang und rief immer wieder ihren Namen. Schließlich entdeckte ich sie unter einem Kleiderständer in der Herrenkonfektion; sie spielte mit einem Verkäufer »Kuckuck«.

Ich machte meiner Erleichterung mit einem kräftigen Klaps auf ihren Popo Luft und schleppte sie dann zurück in die Kinderabteilung. Dort mußte ich mich erst mal hinsetzen und heulen.

Unterdessen mühte Hans Wilhelm sich mit Annika ab. Die grüne Hose, die ihr so gut stand, wollte sie nicht. Weil, der Basti aus dem Kindergarten, der hatte auch so eine, und der Basti war doof. Nun gut. Dann sollte sie doch bitte schön die gleiche Hose in Rot nehmen. Nein, sagte sie, so eine hätte die Susi, und die wär' erst recht doof. Und wie wäre es mit der braunen? Nein, so eine wollte sie auch nicht, nie im Leben. Da würd' sie ja aussehen, als hätt' sie in die Hose geschissen. Und überhaupt, braun. Igitt, nein danke! Ich dachte, halt an dich, Ulla!

Zum Schluß entschied sie sich für die quietschgelbe Hose, denn so eine hatte die Kerstin, und die hatte neulich in ihr Poesiealbum ein echtes, lebendiges Monster gemalt. Die neue Hose paßte übrigens vorzüglich zu ihrer sonstigen Garderobe.

Blieb nur noch Maren. Bevor wir mit ihr zur Anprobe schreiten konnten, mußte sie erst einmal neu gewickelt werden. Typisch! Immer im entscheidenden Moment hatte sie die Hosen voll. Ich ging mit ihr in die Damentoilette und beseitigte mit spitzen Fingern und gerümpfter Nase das große Geschäft.

Mittlerweile war es schon elf Uhr, und wir hatten noch nicht mal die Hälfte von dem geschafft, was wir uns vorgenommen hatten. Nun aber los. Maren wurde trotz ihrer Proteste in eine blaue Cordlatzhose genötigt. Die saß wie angegossen. So was gab's also auch.

Wir verließen schleunigst das Kaufhaus. Am Buggy baumelten neben all den Tüten und Fähnchen jetzt auch noch drei knallrote Luftballons.

Jetzt hatten die Kinder Hunger und mußten erst mal mit Rosinenbrötchen abgefüttert werden. Brüderlich teilten sie ihre Ration mit den vielen Tauben, die hoffnungsvoll um sie herumtrippelten.

Nachdem Henning sein Brötchen in der Gegend verteilt hatte, fiel ihm ein, daß er nicht viel davon abbekommen hatte. Wutentbrannt stellte er uns ein Ultimatum: entweder ein neues Brötchen – oder ein tierischer Bock! Als wir auf stur schalteten, brannten ihm vor schätzungsweise

150 Leuten die Sicherungen durch! Innerhalb von wenigen Sekunden lag er auf dem Boden, wälzte sich hin und her und schrie wie am Spieß. Wir hatten schon Erfahrung mit seinen Anfällen und ließen ihn in Ruhe. Sollte er sich doch austoben. Spätestens in fünf Minuten würde er sich beruhigen. Wir standen daneben, verschränkten die Arme und betrachteten den kleinen »Windmacher« teilnahmslos.

Innerhalb kürzester Zeit hatte sich ein Menschenauflauf um ihn gebildet.

»Wo ist denn die Mutter von dem kleinen Jungen hier?« empörte sich eine ältere Dame. Ich hatte keine Lust, mich dem Volkszorn auszusetzen und schaute demonstrativ in eine andere Richtung.

Nach fünf Minuten setzte Henning sich plötzlich auf und maulte: »Na gut, dann eben nicht!« Er wischte sich Rotz und Wasser am Ärmel ab, stand auf und gab mir die Hand. Die alte Dame, die gerade Armee und Luftwaffe zusammentrommeln wollte, klappte ihren Mund zu und sah mich fassungslos an.

»Machen Sie sich nichts draus«, tröstete ich sie im Vorbeigehen. »Das hat er öfter.«

Als nächste Station stand ein weiteres Textilkaufhaus auf unserem geistigen Plan, aber wir kamen natürlich nicht umhin, noch einen Blick in das Schaufenster der Zoofachhandlung zu werfen, die auf dem Weg dorthin lag.

Neben Fischen, Schildkröten, Hamstern und anderem Kleingetier war da auch eine komplette Mäusefamilie zu besichtigen. Die Mäusemama war gerade dabei, ihre winzigen, nackten Mäusebabys zu säugen, ein Vorgang, der Henning aufs höchste interessierte. Staunend drückte er seine Nase an der Schaufensterscheibe platt.

»Haben wir auch an deinen Zitzen gesaugt, Mama?« fragte er.

»Natürlich«, antwortete ich. »Aber das heißt bei uns Menschen nicht Zitzen, sondern Brustwarzen.«

»Und *das* hat uns geschmeckt?« fragte er skeptisch.

»Ich glaube schon«, lächelte ich.

»Igitt!« kreischte er und schlug sich vor Vergnügen auf die Schenkel.

Während er weiter vor dem Schaufenster herumkasperte, kam ich ins Sinnieren.

Wenn ich an früher – an unsere kinderlose Zeit – dachte, konnte ich fast wehmütig werden. Wie oft sind Hans Wilhelm und ich in die Stadt gezogen und haben einen Schaufensterbummel gemacht. Auch wenn wir pleite waren bis zum Geht-nicht-mehr. Beim Anblick der verlockend dekorierten Schaufenster kamen wir so manches Mal ins Träumen. Wir malten uns aus, wie schön es sein müßte, im eigenen Geld zu schwimmen. Wenn wir erst mal in Lohn und Brot ständen – Hans Wilhelm als Diplomingenieur, ich als Topdesignerin –, wollten wir eine Konsumorgie nach der anderen feiern.

Aber denkste! Die Realität hatte uns bald eingeholt. Heute verfügten wir zwar über wesentlich mehr Geld, hatten aber leider keine Zeit mehr, es in Ruhe auszugeben; hetzten wir doch immer – wie vom Teufel geritten – durch die Innenstadt. In unserem Gefolge eine dreiköpfige, quengelnde und drängelnde Kinderschar.

Die Lust auf einen gepflegten Einkaufsbummel war uns gründlich vergangen.

Ich riß mich energisch zusammen und drängte zum Aufbruch. Schließlich hatten wir noch eine Menge zu erledigen.

Beim Kauf der Windjacken und Sweatshirts ging es relativ friedlich zu. Erst bei der Unterwäsche fing das Theater wieder an.

Denn wenn Papa und Mama Tennissöckchen und Frotteehöschen aussuchen, müssen sie sich konzentrieren, sonst kommen sie mit den Größen durcheinander. Und zum Konzentrieren brauchen sie Ruhe. Und Ruhe haben sie nur, wenn Annika und Henning und Maren mal eben einen *Augenblick* lang den Mund halten! Was ganz schön schwierig ist, wenn man so viel zu erzählen hat wie die drei.

Es war halb eins. Die Geduld der Kinder machte Feierabend. Es führte kein Weg mehr dran vorbei. Wir mußten unser Versprechen einlösen und jenes bewußte Hamburger-Restaurant aufsuchen.

Hundertmal hatten wir uns schon geschworen, dort nie wieder einen Fuß hineinzusetzen. Man war ja schließlich umweltbewußt, und wenn man sich den Wahnsinns-Verpackungsmüll dort anschaute...

Aber wenn man nun mal so einen Hunger hatte... und laufen mochte man auch nicht mehr... und wo konnte man sonst schon mit den Kindern hingehen...?

Wieder mal schoben wir alle Bedenken beiseite und den Buggy zur rot-goldenen Tür hinein.

Drei blaugraue Augenpaare strahlten um die Wette angesichts der winzig-kleinen Pommestüten, die wir ihnen spendierten. Dazu gab's noch Coca Cola... Heute war wirklich ein Festtag für die Kleinen!

Hans Wilhelm und ich genehmigten uns zwei dieser urigen Doppeldeckerbrötchen mit Fleischeinlage... wie hießen sie doch gleich? Na, egal. Auf jeden Fall schmeckten sie köstlich. Wie üblich hatten wir ernsthafte Probleme beim Anbeißen, aber nachdem sich unsere anfängliche Maulsperre gelöst hatte, gab's kein Halten mehr. Hingebungsvoll kauten und leckten und schmatzten wir. Ach, das tat doch gut.

Übrigens, vor zwanzig Jahren kannte ich noch keinen textilen Einkaufsstreß. Meine Eltern brauchten mich nicht extra einzukleiden, denn ich trug in letzter Instanz die Klamotten meiner älteren Geschwister auf. Ja, und dann gab es da noch meine berühmt-berüchtigte Lederhose, die ich vom vierten bis zum siebten Lebensjahr trug. Ob ich nun in sie hineinpinkelte oder mit ihr über Stacheldrahtzäune kletterte – sie war einfach unverwüstlich und brauchte nie gewaschen oder geflickt zu werden! Seit sechs Jahren versuche ich so ein Wunderding für meine Kinder aufzutreiben, aber scheinbar ist diese Hosengattung heutzutage schon ausgestorben.

Nach einer Viertelstunde verließen wir halbwegs gesättigt (und vollständig befriedigt) diesen Tempel der Gastlichkeit und machten uns erleichtert auf den Heimweg.

Am Buggy baumelten neben etlichen Plastiktüten, Fähnchen und Luftballons jetzt auch noch drei rot-goldene Pappnasen.

Kindergeburtstag

Es gibt drei Tage im Jahr, die ich mehr fürchte als die Nonne den Leibhaftigen: die Geburtstage meiner Kinder!

Um Viertel vor drei hatte ich soweit alles auf die Reihe gebracht; von mir aus konnten die kleinen Gäste kommen.

Ich lehnte am Küchentisch und trank noch schnell eine Tasse Kaffee vorweg. Nachher würde ich nicht mehr dazu kommen, hundertprozentig.

Bei dem Gedanken an die bevorstehende Kinderparty wurde mir etwas mulmig. Obwohl ich felsenfest davon überzeugt war, diesmal alles bis aufs I-Tüpfelchen genau geplant und vorbereitet zu haben, beschlichen mich noch ein paar altbekannte, dunkle Vorahnungen. Es würde wohl doch so enden wie immer: im Chaos. Hoffentlich war es wenigstens ein fröhliches Chaos.

Ich hatte mich diesmal besonders gründlich vorbereitet: zwei Bücher über alternative Kinderfeste gelesen und mich auch sonst ein bißchen umgehört. Im Laufe der Zeit hatte ich ein paar brauchbare, nicht gerade alltägliche Spielideen zusammengetragen. Außerdem hatte ich mich endgültig von dem üblichen Einheitsfraß (Stopfkuchen am Nachmittag und Pommes am Abend) losgesagt. Solche Primitivitäten würden bei mir nicht mehr auf den Tisch kommen. Es mußte schon etwas Raffinierteres sein.

Ich ging im stillen noch einmal die Gästeliste durch: Friederike (7), Christoph (5), Anne (5), Nicki (4) und Christin (5). Und natürlich meine eigenen Kinder. Das mußte man doch in den Griff bekommen. Jede Erzieherin und jede Lehrerin beaufsichtigt spielend die doppelte und dreifache Menge von Kindern; da sollten mir die läppischen acht doch keine Schwierigkeiten bereiten.

Zehn vor drei. Annika hibbelte am Fenster auf und ab und fragte unentwegt: »Wann kommen sie?«

»Du machst mich ganz nervös!« schimpfte ich. »Nun setz dich erst mal hin!« Aber das war natürlich leichter gesagt als getan.

Um fünf vor drei schob ich die gefüllten Teigtaschen in den Backofen und trat dann ans Fenster. Hoffentlich machte uns das Wetter keinen Strich durch die Rechnung. »Wechselnde Bewölkung«, das konnte alles mögliche heißen.

Als ich mich wieder umdrehte, registrierte ich an Marens drallem Hosenpopo einen großen, eklig-braunen Fleck. Mein Gott, jetzt hatte das Kind schon wieder Durchfall! Ich hätte ihr gestern doch die blöden Weintrauben wegnehmen sollen. Voller Panik lief ich mit ihr nach oben zum Wickeltisch. Gerade hatte ich die Hände so richtig schön mittendrin, da klingelte es an der Haustür. Die ersten Gäste kamen.

»Scheiße«, murmelte ich. Das fing ja gut an.

Es half nichts. Annika mußte allein die Tür aufmachen. Erst traute sie sich nicht und rief jammernd nach Begleitschutz.

»Nun mach schon!« zeterte ich. Aber sie zögerte immer noch. »Wenn du nicht aufmachst, gehen die Gäste wieder nach Hause«, drohte ich. *»Mitsamt den Geschenken.«*

Das saß. Annika riß schwungvoll die Haustür auf und ließ Friederike und Christoph herein. Die beiden wohnten schräg gegenüber und waren uns besonders vertraut.

Die Begrüßung fiel sehr kurz aus. Man kam gleich zur Sache. Ritsch-ratsch, das lästige Geschenkpapier wurde in tausend Stücke zerfetzt. Danach war es einen Augenblick lang ganz still. Schließlich hörte ich von Annika ein kurzes, brummiges »Danke schön«.

Draußen fuhr inzwischen ein Wagen vor und hielt vor unserem Haus. Fieberhaft zog ich Maren eine frische Hose an und lief mit ihr – einen betörend süß-säuerlichen Duft um mich verbreitend – nach unten. Vor der Tür standen Anne und ihre Mutter. Verlegen und betont munter bat ich die beiden herein. Das Spielchen mit dem Geschenk wiederholte sich.

Währenddessen sah Annes Mutter sich um und sagte, was alle Leute sagen, wenn sie das erste Mal ein fremdes Haus betreten: »Schön haben Sie's hier.«

Danach verabschiedete sie sich und versprach, ihre Tochter um sechs Uhr wieder abzuholen.

Wenig später brachten auch die anderen Mütter ihre Kinder vorbei. Mit Nicki und Christin war die Truppe nun vollständig. Ich hatte den Nachmittag unter das Motto »Wir wandern« gestellt. Zunächst wollten wir einen kleinen Spaziergang durch die Senke hinter unserem Haus machen. Dabei sollten die Kinder Blumen und Gräser pflücken. Ich stellte mir im Geiste schon den großen, prächtigen Strauß aus Wiesenschaumkraut, Hahnenfuß, Sauerampfer, Löwenzahn und Margeriten vor. Daraus wollten wir dann kleine Kränze binden und den Muttis am Abend überreichen. Auf diesen Programmpunkt war ich besonders stolz.

Ich zerrte die gefüllten Teigtaschen aus dem Ofen und wickelte sie – noch heiß – in Alufolie ein. Die würden wir nachher beim Picknick verspeisen, zusammen mit einem bunten Obstsalat, giftgrüner Götterspeise (Annikas Herzenswunsch!) und frisch zubereiteter Orangen-Trauben-Bowle.

Inzwischen hatten die Kinder alle Geschenke begutachtet und fingen an zu randalieren. Erleichtert registrierte ich, daß Hans Wilhelm soeben nach Hause kam. Gott sei Dank hatte er sich rechtzeitig in der Firma losmachen können. Augenblicklich wurde er von der Meute mit Beschlag belegt.

Unser Begrüßungskuß fiel heute sehr flüchtig aus. Dafür überschüttete ich ihn gleich mit einem halben Dutzend Anweisungen: »Pack das mal bitte ein. – Im Schuhschrank unten links steht einer von Marens Halbschuhen, der andere muß irgendwo im Keller liegen. Kannst du die beiden mal zusammensuchen und ihr anziehen? – Hilf mir mal eben! – Du mußt Henning *sofort* auf den Topf setzen. Er hat seit heute morgen nicht mehr. – Guck mal nach, was da hinten los ist. – Zieh dich bitte rechtzeitig um!«

»Erst mal brauch ich einen Kaffee«, sagte er, schüttelte versuchsweise an unserer Thermoskanne und machte ein enttäuschtes Gesicht. »Och, da ist ja gar nichts mehr drin.«

»Lieber Hans Wilhelm«, sagte ich giftig, »wie stellst du dir das vor? In fünf Minuten wollen wir los. Du glaubst doch nicht im Ernst, daß du jetzt noch Zeit hast, hier in Ruhe einen Kaffee zu schlürfen.«

»Meine Güte, hast du eine Laune«, sagte er beleidigt und knallte die Thermoskanne auf ihren Platz.

»Mensch, paß doch auf. Du machst sie ja kaputt!« schrie ich. Nun hatten wir es also mal wieder geschafft! Innerhalb von dreißig Sekunden waren wir uns in die Haare geraten. Das war ungewöhnlich; normalerweise brauchten wir schon etwas länger, um uns in Rage zu bringen. Bitterböse sahen wir uns an. Drüben im Wohnzimmer krachte und splitterte es. Wir ließen alles stehen und liegen und stürzten hinüber.

Welch ein Bild! Maren hatte offensichtlich versucht, sich an der Tischdecke hochzuziehen. Die war dabei ins Rutschen gekommen und hatte Annikas Geschenke einschließlich Blumenvase mit sich in die Tiefe gerissen. Maren lag bäuchlings unter dem Trümmerhaufen und heulte Rotz und Wasser. Während ich sie hochhob und auf eventuelle Blessuren hin untersuchte, sammelte Hans Wilhelm die verstreuten Filzstifte, Puzzleteile und Bilderbücher ein und trocknete sie notdürftig ab.

»Na, so was!« scherzte er gequält. »Das ist ja ein toller Salat.«

Die Kinder gingen sofort darauf ein und veranstalteten einen kleinen Freudentanz.

»Den futtern wir gleich auf!« kreischte Annika.

»Und schmieren noch Ketchup obendrauf.«

»O ja, o ja!«

Hans Wilhelm machte dem Tohuwabohu schließlich ein Ende. »So, jetzt alle mal herhören!« schrie er in die Menge. »Zeigt mal eure Rucksäcke her. Habt ihr auch Wanderkleidung mit?«

»Nee, meine Mutter hat gesagt, das kommt nicht in die Tüte«, lispelte Christin. Ich warf einen skeptischen Blick auf ihre schwarzen Lackschuhe und konstatierte: »In den Dingern kannst du unmöglich laufen. Auf der Einladung stand doch extra: Bitte Wanderschuhe und Rucksack mitbringen.«

Christin zuckte ratlos mit den Schultern.

»Ich hab auch keine anderen Schuhe mit«, verkündete Anne.

»Ich auch nicht.«

»Und ich auch nicht.«

Na, das fing ja gut an. Ich warf einen grimmigen Blick auf die Mädchen. Rüschenkleidchen und Lackschuhe, ein Schleifchen hier, ein Schleifchen da, Kettchen und Spangen überall. Ein überaus niedliches Outfit, aber leider für unsere Zwecke ganz und gar ungeeignet. Warum nur – zum Teufel! – hatten die Mütter nicht dafür gesorgt, daß ihre Kinder vernünftig ausgestattet zu unserer Party kamen? Ich hatte doch extra in der Einladung darum gebeten.

In Anbetracht dieser Tatsache konnte man den Weg durch die Senke ja fast vergessen. Ich sah die Mädchen schon kniehoch in den Brennesseln stehen und heulen. Vier starke Erwachsenenarme würden nicht ausreichen, um all die kleinen Prinzeßchen zu retten. Ich besprach mich diesbezüglich mit Hans Wilhelm, aber der meinte, wir sollten es auf jeden Fall versuchen. Umkehren könnten wir ja immer noch.

Also packten wir die restlichen Sachen ein und machten uns gottergeben auf den Weg (wurde ja auch Zeit, es war schon kurz vor vier). Vorneweg das Geburtstagskind mit einem alten, blechern quäkenden Kassettenrekorder. Zu den Klängen von »Das Wandern ist des Müllers Lust« begannen wir mit dem schwierigen Abstieg in die Senke. Der Trampelpfad wand sich romantisch und schleifenförmig nach unten. Wir mußten hintereinandergehen und uns an den Schultern festhalten. Welch eine Prozession. Zuerst Annika, dann Hans Wilhelm mit Maren an der Hand und unserem alten Tramperrucksack auf dem Rücken, im Mittelfeld die kleinen Partygäste und ganz am Ende Henning und meine Wenigkeit.

Ich kam mir vor wie ein Kofferkuli im Himalaya. Schwerbepackt und keuchend rutschte und schlitterte ich den Berg hinunter und verfluchte den Tag, an dem ich mir diese Klotztour ausgedacht hatte.

Nach einer Weile fingen die Kinder an zu murren. Unter einer Geburtstagsparty hatten sie sich offensichtlich etwas anderes vorgestellt.

Annika blieb mit ihrem nagelneuen Sweatshirt an einem Weidezaun hängen und riß sich ein großes Dreieck in den rechten Ärmel. Gott sei Dank, die Kleidung der anderen Kinder blieb unversehrt. Alle Rüschen und Schleifen saßen noch an ihrem Platz.

Schließlich war es vollbracht. Nach einer allerletzten Rutschpartie standen wir plötzlich auf dem freien Grasland. Ich sah mich entgeistert um und wollte es nicht glauben: keine einzige Wiesenblume in Sicht!

»Was ist denn *das*?« fragte ich voller Panik und machte eine weitausholende Armbewegung.

»Was denn?« fragte Hans Wilhelm verständnislos.

»Na, hast du keine Augen im Kopf? Die *Blumen*!«

»Wieso, hier sind doch keine Blumen.«

So viel Begriffsstutzigkeit machte mich rasend. »Hast du etwa vergessen, daß wir mit den Kindern Blumenkränze machen wollten?« giftete ich.

»Blumenkränze? Ende Juni? Da sind die ganzen Gräser doch schon verblüht.«

»Neulich war hier aber noch alles ganz voll.«

»Wann neulich?«

»Na, weißt du nicht mehr? Als deine Eltern bei uns zu Besuch waren, sind wir doch mit ihnen kurz hier unten gewesen. Da haben wir den Strauß gepflückt, der uns nachher den Teppich so vollgefusselt hat...«

»Ulla«, sagte Hans Wilhelm sanft und vorwurfsvoll, »überleg mal, wann das war.«

»Na, neulich!« beharrte ich ungeduldig.

»Das war im Mai. Vor *sechs Wochen*!«

»Unmöglich«, sagte ich störrisch. Aber nach und nach wurde mir bewußt, daß er recht hatte. In den letzten Jahren war mir mein Zeitgefühl irgendwie abhanden gekommen. Ich wußte nicht mehr, wann und wo und warum ich es verloren hatte; es war einfach futsch! In meinem Alltagsleben spielte es auch keine Rolle, ob wir Donnerstag, den 12., oder Freitag, den 13., hatten. Da beide Tage absolut identisch sein konnten, gab ich es nach einiger Zeit auf, sie zu beziffern. Die Abkehr von solchen Dingen wie Datum oder Uhrzeit stand durchaus stellvertretend für die Abkehr von der ganzen Welt »da draußen«. Wenn wir abends die »Tagesschau« sahen, ertappte ich mich immer häufiger bei dem Gefühl, daß mich das Ganze da auf dem Bildschirm nichts mehr anging. Schließlich lebte ich jetzt in einer anderen, viel enger gefaßten Welt, im Reservat der Mütter. Mein Horizont war exakt zwischen Bäckerladen, Kindergarten, Sportplatz und Kirche abgesteckt. Und auf diesem Terrain gab es solche exotischen Sachen wie Hände schüttelnde Politiker, Knüppel schwingende Polizisten, explodierende Bomben und sterbende Wälder nicht. Zumindest nahm ich sie nicht wahr.

Aber ich schweife mal wieder ab.

Was ich sagen wollte: Irgendwie hatte ich den Bezug zu Zeit und Raum verloren. So war es auch nicht verwunderlich, daß ich mich – was die Gräserblüte anging – total verhauen hatte. Nein, so ein Ärger aber auch. Jetzt mußte mein schönster Programmpunkt flachfallen.

Inzwischen liefen die Kinder in alle Richtungen auseinander. Hans Wilhelm und ich schrien uns die Kehle aus dem Leib, aber es dauerte eine ganze Weile, bis wir sie wieder zusammengetrieben hatten.

»So, auf geht's! Wir müssen noch ein kleines Stück laufen«, rief ich und klatschte aufmunternd in die Hände.

»Och, nöö«, maulte Christin.

»Ich hab Hunger!« protestierte Annika. »Wann gibt's endlich was zu essen?«

Auch die anderen scharrten lustlos mit den Füßen im Gras und waren alles andere als begeistert.

»Kinder, wir können hier doch nicht einfach auf dem freien Feld sitzenbleiben«, sagte ich hilflos. »Nun kommt schon. Ich weiß eine Stelle, wo es *unheimlich* schön ist!«

Jaulend und maulend setzten sie sich in Bewegung, jeder Schritt ein lautstarker Protest. Unterwegs mußte ich mich erst mal mit Hans Wilhelm beraten.

»Du, wir müssen das Programm ändern«, sagte ich besorgt. »Wir kommen sonst nicht mit der Zeit hin. Guck mal auf die Uhr. Es ist schon Viertel nach vier, und wir haben noch nicht mal gegessen. Laß uns zu dem alten Spielplatz da drüben gehen. Dann haben wir es nicht mehr so weit.«

»Okay.«

Um dorthin zu gelangen, mußten wir erst mal wieder hundert Meter schräg nach oben kraxeln. Die Aussicht auf eine erneute Kletterpartie schien die Kinder nicht gerade zu begeistern, aber immerhin traten sie nicht in den Streik. Mühsam kämpften wir uns durch eine karge Steppenlandschaft aus dürrem Geäst, kratzigen Disteln und hohem Gras nach oben.

»Meine Mama sagt, hier gibt es Millionen-x-Trilliarden Klapperschlangen«, konstatierte Friederike.

»Wo? Wo? Wo?« rief Christoph sensationslüstern.

Annika fing an zu heulen: »Ich mag keine Klapperschlangen!«

Ich blieb schwer atmend stehen: »Also, nun hört mal her! Hier gibt es keine Schlangen. Weder Kreuzottern noch Blindschleichen, noch sonstwas. Und Klapperschlangen schon gar nicht. Die wohnen nämlich in Amerika.«

»Und wenn doch?«

»Die interessieren sich nicht für kleine Kinder«, sagte ich verzweifelt.

»Meine Mama sagt, die beißen einem am liebsten in die Waden. Dann muß man die Stelle mit einem Fahrtenmesser über Kreuz einschneiden und aussaugen. Und wenn man das nicht tut, dann geht man tot. Oder man kommt ins Krankenhaus. Wie die wohl hier mit dem Krankenwagen runterkommen?« Christoph kratzte sich nachdenklich am Kopf.

»Nun aber los, weiter!« stöhnte ich verzweifelt und setzte mich wieder in Bewegung.

»Vielleicht können die sich mit einem Seil runterlassen«, überlegte er. »Ich meine, die Leute aus dem Krankenwagen.«

»Darüber brauchst du dir nicht den Kopf zu zerbrechen. Ich hab euch doch schon gesagt, daß es hier keine Klapperschlangen gibt. Also wird auch kein Mensch gebissen.«

»Ja, bis *jetzt* noch nicht. Aber das kann ja vielleicht noch kommen. Frau Steen, haben wir denn überhaupt ein Fahrtenmesser mit?«

»Könnten wir das vielleicht oben ausdiskutieren, Christoph? Weißt du, ich habe nämlich im Moment ein bißchen wenig Puste...«

»Ja, ist gut«, sagte er und sah mich gekränkt an.

Um halb fünf waren wir endlich oben angelangt und breiteten unsere Decken unter einer alten Eiche aus. Die Kinder sahen sich um und zogen lange Gesichter. Unter einem »Spielplatz« hatten sie sich offensichtlich etwas anderes vorgestellt, nicht nur ein gemähtes Stück Wiese mit einem alten Treckerreifen als Sandkasten und einer Teppichstange als Klettergerüst.

Ich ignorierte ihre enttäuschten Blicke und warf einen besorgten Blick zum Himmel. Würde das Wetter sich halten? Von Westen her zogen große Wolkenbänke auf. Nein, so gemein konnte das Schicksal doch nicht sein. Wir waren auf gutes Wetter angewiesen. Bitte, lieber Gott!

»Was gibt's denn?« fragte Nicki gespannt und warf einen neugierigen Blick in unseren Picknickkorb. Ich zog die eingewickelten Teigtaschen hervor und entblätterte sie. Jedes Kind bekam eine davon auf einem kunterbunten Pappteller serviert.

»Was ist das?« fragte Anne mißtrauisch und sah das Ding an, als wäre es lebendig und könnte ihr jeden Moment ins Gesicht springen.

»Das ist eine Blätterteigtasche.«

»Und was ist da drin?« fragte Friederike skeptisch.

»Nun, eine Mischung aus Tomaten, Schinken und Käse.«

»Habt ihr auch Smartieskuchen?« fragte Christin und schob *das Ding* unschlüssig auf ihrem Teller hin und her.

»Nein, haben wir nicht. Aber zum Nachtisch gibt's Obstsalat und Wackelpudding.«

»*Müssen* wir das essen?« fragte Nicki.

Diese Frage brachte mich total aus der Fassung. »Das schmeckt ganz, ganz lecker«, beteuerte ich schwach. Die Kinder sahen mich ungläubig und vorwurfsvoll an.

»Na ja, wir können's ja mal probieren«, sagte Friederike schließlich und wagte einen ersten Biß. Die anderen zogen nach und knabberten vorsichtig an den Teigrändern entlang.

»Schmeckt gut«, seufzte Friederike gequält.

Die Kinder kauten und schluckten verzweifelt. Ich sah sie an und konnte es nicht fassen. Hatte ich mir nicht alle erdenkliche Mühe gegeben, es ihnen so schön wie möglich zu machen? Da wollte man ihnen mal etwas Besonderes bieten, etwas nicht Alltägliches, und dann *das*! Die Verbitterung schlug wie ein Ozean über mir zusammen und machte mich ganz sprachlos.

Hans Wilhelm verteilte mittlerweile die hausgemachte Orangen-Trauben-Bowle an die Kinder und erntete dafür ein paar lobende Worte. Aber das war auch kein Trost. Die hätten im Moment sogar verdünnten Essig getrunken, dessen war ich mir sicher. Kinderdurst macht vor keiner Geschmacksrichtung halt, Hauptsache, es ist Zucker drin.

Nach fünf Minuten sammelte ich die angebissenen Teigtaschen ein und verstaute sie wieder im Picknickkorb. Die Götterspeise war ein voller Erfolg! Innerhalb kürzester Zeit war die Schüssel leergeputzt. Natürlich, jetzt fiel es mir wie Schuppen von den Augen. Die Kinder liebten alle Speisen, die sie ohne großes Gekaue verschlingen und als Füllsel in Richtung Magen abschieben konnten.

Warum hatte ich nicht vorher daran gedacht? Ich hätte mir einiges an Enttäuschung ersparen können.

An den Obstsalat traute sich erwartungsgemäß niemand mehr heran.

Während die Kinder herumtobten, bereiteten Hans Wilhelm und ich das erste Spiel vor. Die Kinder sollten zwei Mannschaften bilden und sich hintereinander aufstellen. Die einzelnen Gruppenmitglieder mußten sich nun nacheinander hinlegen und durch vorsichtiges Seitwärtsrollen in ein zehn Meter langes Stück Alufolie ein- und wieder auswickeln. Dabei kam es darauf an, sie möglichst nicht zu beschädigen oder zu zerreißen. Die Folie flatterte wie irrsinnig im aufkommenden Wind und machte uns das Leben schwer. Nach zwei Minuten Spieldauer gaben wir entnervt auf und hatten Mühe, die übriggebliebenen Fetzen vor dem Davonfliegen zu bewahren. Welch eine grandiose Verschwendung von Zeit, Nerven und kostbaren Rohstoffen. Was hatte ich mir nur dabei gedacht?

Urplötzlich überfiel mich eine dieser typischen Hitzewallungen, wie immer, wenn mir eine Situation über den Kopf wuchs. Ich setzte mich schnell ins Gras und überließ Hans Wilhelm seinem Schicksal. Während er mit den Kindern »Fischer, Fischer, wie tief ist das Wasser?« spielte, lehnte ich mich an unseren alten Tramperrucksack und versuchte, mich – so gut es ging – zu erholen.

Komisch, daß es mal eine Zeit gab, wo wir überall hätten hinreisen können, wenn wir nur gewollt hätten. Während unserer Studentenzeit trugen wir nach und nach eine komplette Campingausrüstung zusammen, unter anderem auch den Rucksack, an den ich mich gerade lehnte. Leider konnten wir die Sachen nie benutzen, denn ich wurde kurz danach schwanger. Voller Freude ließen wir all unsere Reisepläne fallen und schenkten erst Annika, dann auch Henning und Maren das Leben.

Bislang war ich ganz zufrieden mit meinem heimatgebundenen Leben, aber mittlerweile machte sich eine gewisse Ungeduld in mir breit. Ich war jetzt 29 Jahre alt und hatte noch nichts von der Welt gesehen. Immer mangelte es an Geld oder Zeit oder sonstwas. Auch jetzt war ich erst mal auf Jahre hinaus gebunden. Ob ich wohl jemals die Landesgrenzen überschreiten würde?

Plötzlich stand Christoph neben mir. Man sah ihm deutlich an, daß ihn irgend etwas beschäftigte.

»Was ist denn, Christoph?« fragte ich erschöpft. »Warum spielst du nicht mit den anderen?«

Er war offensichtlich froh, daß ich ihn angesprochen hatte, und platzte heraus: »Und was ist, wenn eine Klapperschlange aus dem Zoo ausbricht?«

Ich spürte plötzlich meinen Backenzahn unten links wieder; der machte immer Ärger, wenn mir jemand derartig bohrende Fragen stellte. Vorsichtig spielte ich mit der Zunge daran herum. Währenddessen plapperte Christoph munter weiter: »Ob sie dann herkommt? Vielleicht! Man müßte mal die Wiese hier genau untersuchen; unter die Büsche gucken und so. In Afrika schlagen die Leute erst mit einem Stock aufs Gras, bevor sie sich hinsetzen. Man kann ja nie wissen.«

»Christoph, es gibt hier keine Klapperschlangen«, sagte ich, jede Silbe betonend, aber er hörte mir überhaupt nicht zu.

»Die Mädchen müßten sich eigentlich was an die Beine ziehen. Ich hab ja wenigstens noch eine lange Hose an, aber die...? Wenn die gebissen werden... o Mann!« Er schlug sich entsetzt die Hand vor den Mund.

Manchmal erinnerte Christoph mich auf fatale Art und Weise an Ernie aus der »Sesamstraße«. Er hatte eine überschäumende Phantasie und gab niemals Ruhe. Niemals!

Mittlerweile war die Wolkenbank aus dem Westen bei uns angelangt. Der Himmel verdunkelte sich. Bekam ich da nicht eben einen Tropfen ab?

»Es regnet!« kreischte Annika entzückt, breitete die Arme aus und drehte sich im Kreise.

Nun hatte es uns also doch ereilt. Das hieß: Sachen zusammenpacken und tiefer unter die Eiche flüchten. Die Kinder verkrochen sich kichernd unter einer alten Armeedecke aus dem Zweiten Weltkrieg und fanden das Ganze komisch. Aber mir war nach Heulen zumute. All meine schönen Pläne! Alles, alles, alles war schiefgelaufen an diesem verdammten Nachmittag. Jetzt war es fünf Uhr. In einer Stunde wurden die Kinder abgeholt, und wir hatten noch *nichts* auf die Beine gestellt, zumindest nichts, woran sie sich gerne erinnern würden. Das »einmalige« Fest war ein kompletter Reinfall.

Ich lehnte mit Hans Wilhelm am Baumstamm und starrte ein paar Minuten lang geistesabwesend auf die löchrige, sich beulende Wolldecke.

Um Viertel nach fünf machten wir uns auf den Heimweg. Es regnete nicht mehr so stark, aber die Kinder waren durchnäßt und grasfleckig und zerschrammt und wollten nach Hause. Diesmal gingen wir andersherum – durch die Wohnstraße – zurück.

Welch ein Bild! Wir sahen aus wie ein müder, erschöpfter Flüchtlingstreck kurz vor dem Ziel und erregten als solcher auch großes Aufsehen.

Erleichtert schloß ich die Haustür auf. Die Meute ergoß sich nach innen und tobte über Tische und Stühle. Hans-Wilhelm und ich ließen uns aufs Sofa plumpsen und betrachteten sie müde. Wir hatten dem Wirbel hier nichts mehr entgegenzusetzen, nur noch unsere absolute Unfähigkeit. Wann gingen die denn endlich nach Hause und ließen uns in Ruhe?

Eigentlich wollte ich den kleinen Krachmachern um Viertel vor sechs noch ein paar aufgewärmte Teigtaschen servieren, aber ich traute mich nicht. Also stieg ich in den Keller hinab und plünderte unseren Vorrat an Dosenwürstchen.

Das gab ein Hallo, als ich ihnen die dampfend-heißen Knackwürste vor die Nase stellte. Und wenn man von der üblichen Ketchup- und Senfschlacht mal absah, kamen wir ganz gut über die Runden.

Punkt sechs Uhr standen die Muttis vor der Tür und nahmen ihre aufgeregten, leicht angeschmuddelten Kinder in Empfang. Friederike und Christoph wollten alleine nach Hause gehen; sie hatten es ja nicht weit. Beim Abschied zwinkerte Christoph mir vertraulich zu. »Wissen Sie was, Frau Steen? Und wenn ich sie dann hab, die Klapperschlange meine ich, dann bau ich mir 'nen Kasten und tu sie da rein. Und wenn *alle* Leute sie gesehen haben – auch meine Oma aus Dortmund –, dann bring ich sie in den Zoo zurück!«

»Ist gut, Christoph«, sagte ich beifällig. »Mach das.«

Und dann schlug ich die Tür hinter den beiden zu, ging schnurstracks in die Küche, zog mir irgendeinen hochprozentigen Fusel aus dem Schrank und schenkte mir ein Gläschen voll ein. Setzte mich an den Küchentisch, starrte ins Leere. Spürte sie kommen, meine Wut, meine Enttäuschung. Nahm noch einen Schluck, dann war sie da.

Ich brüll es von den Dächern!
Ich schrei es laut heraus!

ICH KANN KINDER NICHT AUSSTEHEN!

Sicherlich, natürlich, selbstverständlich: Es gab auch einige, die waren ganz nett. Aber in der Masse? Nein danke!

Ich stützte den Kopf in die Hände und dachte zum x-tenmal über die Motive nach, die mich, ausgerechnet mich, dazu bewogen hatten, selber drei Kinder in die Welt zu setzen. Es dauerte noch eine ganze Weile, bis mein Zorn halbwegs verraucht und der Fusel vollständig heruntergekippt war. Dann fing ich an, die Spuren dieser schrecklichen Geburtstagsparty zu beseitigen.

Nachdem wir die Kinder zu Bett gebracht hatten, rief ich meine Mutter an und heulte mich bei ihr aus.

»Das kenn' ich doch alles. Meinst du etwa, mir ging es damals anders?« fragte sie, halb spaßig, halb ernst. Und dann fing sie plötzlich an zu jammern. All die Jahre hätte sie sich vor unseren Geburtstagen gefürchtet, und einer war schlimmer als der andere...

Ich hörte ihr betroffen zu. Klein Ulla als partyfeiernder,

nervtötender Mutterschreck? Unter diesem Aspekt hatte ich mich noch nie betrachtet.

»Oh je ... ich kann dir gar nicht sagen ... das tut mir alles so leid«, stotterte ich schließlich.

Meine Mutter lachte plötzlich laut heraus: »Ach was, vergeben und vergessen! Dafür wart ihr Kinder.«

Abends saßen Hans Wilhelm und ich ganz still am geöffneten Wohnzimmerfenster, träumten in die dämmrige Landschaft hinaus und genossen die Ruhe nach dem Sturm. Eigentlich konnte ich ja ganz zufrieden sein. Schließlich hatte ich nicht nur die Geburt vor sechs Jahren, sondern auch den heutigen Tag überlebt.

Das war doch was!

Das erste Schuljahr

Ich denke mit einer Mischung aus Freude und Unbehagen an meine eigene Grundschulzeit zurück. Einerseits war ich stolz darauf, jetzt endlich zu den »Großen« zu gehören, andererseits fiel es mir unheimlich schwer, mich in dem neuen und oftmals harten Schulalltag zurechtzufinden. Ich war gespannt darauf, wie es Annika ergehen würde.

Nach zwei langen Kindergartenjahren hatte Annika endgültig die Nase voll. Sie war nicht länger bereit, sich mit dem langweiligen »Babykram« dort herumzuärgern. Sie sehnte sich nach der Schule wie unsereiner nach dem Urlaub. Ich versuchte immer wieder, ihren überschwenglichen Enthusiasmus ein wenig zu bremsen. Es konnte durchaus sein, daß sie vor ihrer Einschulung in die erste Klasse noch ein Jahr lang den Schulkindergarten besuchen mußte. (Aber davon wollte sie natürlich nichts wissen.) Endgültigen Bescheid darüber würden wir nach einer Reihe von Tests und Untersuchungen erhalten. Das Ganze sollte im April stattfinden.

Annika war sich der Bedeutung dieser Gespräche durchaus bewußt. Ab Mitte Januar fing sie an, sich darauf vorzubereiten. Immer wieder zog sie sich auf ihr Zimmer zurück und probte hinter verschlossenen Türen das erste Gespräch mit Herrn Jahnke, dem Rektor der Schule. Sie überlegte hin und her, wie sie sich am besten verkaufen konnte. Ja, sie machte sich sogar schon Gedanken über die Kleiderfrage. Wenn man sie bei ihren Planspielen störte, konnte sie rabiat werden.

»Das ist doch nicht normal«, sagte ich kopfschüttelnd zu Hans Wilhelm. »Dieser krankhafte Ehrgeiz ist ja widerlich. Von wem hat sie das nur?«

Mitte April war es dann endlich soweit. Um elf Uhr vormittags machten Annika und ich uns auf den Weg. Sie war aus irgendeinem Grunde sauer auf mich und zeigte mir das auch. Ich ignorierte ihr beharrliches Schweigen und plapperte munter drauflos.

Auf dem Schulhof blieb sie plötzlich stehen und schrie: »Ich geh da nicht rein!«

»Na gut«, sagte ich reaktionsschnell und kalt. »Dann laß uns umkehren.«

Sie hob den Kopf und sah mich ungläubig an. Ich war zum Äußersten entschlossen: »Na los, komm wieder mit nach Hause.«

»Ich ... äh ...«

»Aber eines sag ich dir: *Wenn* du mit nach Hause kommst, dann kannst du die Sache mit der Schule vergessen.«

Sie kaute nachdenklich an ihrer Unterlippe und brummte schließlich: »Na gut. Dann geh ich eben rein.«

Im Büro händigte die Sekretärin uns einen leeren Bogen Schreibmaschinenpapier aus. Vor dem Gespräch mit dem Rektor sollte Annika noch ein Porträt von sich malen. Erst kaute sie fünf Minuten nachdenklich auf ihrem Bleistift herum, dann kritzelte sie in die rechte untere Ecke des Blattes ein winziges Männchen von drei Zentimetern Höhe. Es machte einen bitterbösen Mund und hielt eine rauchende Pistole in der ausgestreckten Hand. Ich lehnte mich einen Moment lang zurück und schloß die Augen. Unheil, nimm deinen Lauf!

Nachdem sie ihr Werk noch mit großen, krakeligen Blockbuchstaben signiert hatte, war sie fertig. Das Zeichnen schien ihre Laune erheblich gebessert zu haben. Sie machte einen äußerst zufriedenen Eindruck.

Beim Gespräch mit Herrn Jahnke war sie dann ruhig und gelöst. Sie beantwortete seine Fragen nach ihrer Familie ohne jede Scheu. Von Bockigkeit keine Spur mehr. Ich bekam vor Erleichterung ganz weiche Knie.

Anschließend mußte sie sich an ein paar üblen Zungenbrechern versuchen, verschiedene Farbkärtchen identifizieren, ihr Zahlenverständnis unter Beweis stellen und ein kleines Häuschen aus bunten Holzstäbchen nachbauen. Das war alles.

Während Herr Jahnke sich Notizen machte, dachte ich an meine eigene Einschulungsuntersuchung vor 22 Jahren zurück. Damals führte man noch den einzig wahren Reifetest durch: Arm über den Kopf und das gegenüberliegende Ohr ergreifen. Bei mir reichte es noch nicht ganz. Die Schulärztin musterte mich von oben bis unten und sagte dann zu meiner Mutter: »Na ja, ein bißchen spillerig ist sie ja auch noch.« Um letzte Zweifel zu beseitigen, entrollte sie vor meinen Augen eine Schautafel mit zwanzig verschiedenen Tieren drauf und zeigte mit dem Rohrstock auf eine Kuh. Als ich das Rindvieh hartnäckig für ein Nashorn hielt, durfte meine Mutter wieder mit mir nach Hause gehen.

Im nächsten Jahr war ich klüger. Ich hatte mir mittlerweile ordentlich einen angefuttert und – in Anbetracht des obligatorischen Ohrentestes – entsprechende Dehnübungen gemacht. Zwar lag ich auch diesmal mit meiner biologischen Definition wieder total daneben (ich hielt die Ziege für ein Schaf), aber die Schulleitung war der Meinung, daß es nun höchste Zeit für mich wurde; schließlich war ich schon fast sieben Jahre alt.

Wie sich die Zeiten doch änderten. Heute krähte kein Hahn mehr nach den damaligen Testmethoden.

Herr Jahnke erhob sich und teilte mir mit, daß er Annika für schulreif hielt. Aber zunächst sollten wir noch die schulärztliche Untersuchung und den Probeunterricht abwarten.

Ein paar Tage später hatten wir den Termin bei der Ärztin. Die Untersuchung fand in der schuleigenen Teeküche statt. Zuerst mußte Annika einen Hör- und Sehtest machen, dann wurde sie gedreht und gewendet und beklopft und abgehört. Die Ärztin teilte uns mit, daß ihre rechte Schulter hängen würde und daß sie auf jeden Fall am Sonderturnen teilnehmen sollte. Sie riet uns, diesbezüglich noch einen anderen Arzt zu konsultieren. Danach mußte Annika eine Art »Säufertest« machen und beide Zeigefinger bei geschlossenen Augen zusammenführen. Sie hatte eine Trefferquote von einhundert Prozent.

Zum Schluß mußte sie sich noch mal künstlerisch betätigen. Sie malte in liebevoller Kleinarbeit ein wunderschönes Haus. Als sie auch noch anfing, jeden Dachziegel einzeln zu kolorieren, griff die Ärztin ein und meinte, es wäre genug, und schönen Dank.

Wenig später suchten wir unseren Hausarzt auf. Er stellte fest, daß Annika keine hängende Schulter, sondern eine seitlich gekrümmte Wirbelsäule hatte. Also überwies er uns an den nächsten Orthopäden. Der wiederum diagnostizierte keine krumme Wirbelsäule, sondern ganz eindeutig ein Hohlkreuz. Drei Ärzte, drei Diagnosen. Typisch! Na ja, egal, ich würde sie auf jeden Fall zum Sonderturnen schicken. Schaden konnte es ja nichts.

Während des Probeunterrichts wurden die Muttis zum erstenmal nach Hause geschickt. Etwas bedeppert sahen wir zu, wie zwei wildfremde Frauen unsere Kinder zusammentrieben und geschlossen abführten. Eine davon – die Jüngere – war Annikas zukünftige Klassenlehrerin. Als die beiden uns dann auch noch die Tür vor der Nase zusperrten, war mir endgültig klar: Du bist weg vom Fenster! – Jahrelang hatte ich mich auf diesen Augenblick gefreut, aber als es dann soweit war, schmeckte mir die ganze Sache nicht mehr. Wer ließ sich schon gerne die Zügel aus der Hand nehmen? Noch dazu von einer Person, die jünger war als man selbst. Konnte das gutgehen?

Ich fand nie heraus, was die Kinder in diesen zwei Stunden so getrieben hatten. Annika schwieg wie ein Grab, so sehr ich sie auch bearbeitete. Ehrlich gesagt, es ärgerte mich maßlos, daß es jetzt einen Bereich in ihrem Leben gab, auf den ich keinen Einfluß mehr hatte. Daran mußte ich mich erst gewöhnen. Und jede Umgewöhnung war mir lästig.

Nach Abschluß aller Voruntersuchungen warteten wir vergeblich auf einen offiziellen Bescheid von seiten der Schule. Aber da kam nichts. Schließlich gingen wir ganz frech davon aus, daß Annika den Sprung in die erste Klasse auf Anhieb geschafft hatte.

In der darauffolgenden Zeit gab es eine Menge vorzubereiten. In erster Linie mußten wir der Verwandtschaft klarmachen, daß Annika noch keinen Tornister besaß... Nach dem dritten Anruf verstanden sie endlich den Wink mit dem Zaunpfahl und griffen tief in die Tasche. Beim nächsten Besuch überreichten sie Annika einen rosaroten Edeltornister mit komplettem Zubehör.

Ich atmete erleichtert auf und hakte diesen Punkt auf meiner Einkaufsliste schon mal ab. Jetzt mußten wir nur noch den ganzen Kleinkram besorgen: Bleistifte, Hefte, Turnzeug... Und natürlich die obligatorische Schultüte.

Am Tag der Einschulungsfeier trug Annika ein sauberes, weißes Rüschenblüschen, ein voluminöses, dunkelblaues Ballonröckchen und glänzende Lackschuhe. Welch ein ungewohntes Bild. Ich konnte mich nicht sattsehen an ihr. Wir schossen etliche Fotos: Annika mit Schultüte vorm Haus, Annika solo, Schultüte solo, Haus solo...

Dann war es höchste Zeit, sich auf den Weg zu machen. Wir gingen das kurze Stück zu Fuß. Vor der Turnhalle (in der die Einschulungsfeier stattfinden sollte) fiel uns plötzlich ein, daß wir das wichtigste Stück des Tages – den Tornister – zu Hause vergessen hatten.

Hans Wilhelm stürzte davon, um ihn zu holen. Annika geriet in Panik und fing an zu heulen. Die beiden Kleinen plärrten aus Solidarität gleich mit.

Auf die Art und Weise kamen wir natürlich viel zu spät. Zweihundert Leute blickten mißbilligend beziehungsweise schadenfroh auf, als wir mit unseren drei verheulten Kindern in die Halle hetzten. Annika war kaum zu bewegen, sich bei den anderen Schulkindern hinzusetzen; erst nachdem wir ihr gut zugeredet hatten, huschte sie nach vorne. Ich hätte am liebsten geheult, so leid tat mir das Ganze. Nun hatten wir ihr mit unserer Blödheit den ganzen Tag verdorben.

Nach der Einschulungsfeier gingen wir bedrückt nach Hause. Dort durfte Annika ihre Schultüte aufmachen. Sie schien sich über die Armbanduhr und die Süßigkeiten zu freuen, aber der Schreck saß ihr noch merklich in den

Gliedern. Hans Wilhelm versuchte sie aufzuheitern, riß einen Witz nach dem anderen und knuffte ihr zärtlich in die Seite. Aber mehr als ein schwaches Grinsen brachte sie nicht zustande.

Nachdem wir die Kinder abends zu Bett gebracht hatten, zog ich ein altes, zerfleddertes Fotoalbum aus dem Regal und schlug die erste Seite auf. Da stand ich – zahnlückig und gequält grinsend – vor meinem Elternhaus und hielt mich krampfhaft an einer knallroten Schultüte fest. Ich war nach dem neuesten Schick gekleidet, mit Pepitarock und überdimensionaler Propellerschleife im dünnen Blondhaar. Der Tag war schrecklich. Die angereiste Verwandtschaft redete pausenlos auf mich ein, der neue Wollpullover kratzte am Hals und der Schweinebraten schmeckte fett und glibberig. Es war ein Alptraum!

Ich war – wie Annika – froh, als das Ganze vorbei war.

Am ersten Schultag saß ihr der Schrecken von der Einschulungsfeier noch in den Knochen. Sie traute sich nicht alleine auf den Weg und rief jammernd nach Begleitschutz. Ich ließ mich breitschlagen und versprach ihr, sie die ersten beiden Wochen bis vor die Schultür zu bringen. Um Viertel vor acht machten wir uns auf den Weg.

Der Schulhof war hoffnungslos übervölkert. Mir wurde beim Anblick der tobenden Kinder ganz schwindelig. Wie konnte man das als erwachsener Mensch bloß aushalten? Wieder mal beglückwünschte ich mich zu dem Entschluß, keine Lehrerin geworden zu sein. Die jahrelange, ständige Auseinandersetzung mit diesen wilden, kleinen Monstern hätte mich innerhalb kürzester Zeit ins Grab gebracht.

Ich benutzte Marens Kinderkarre als »Wellenbrecher« und bahnte uns einen Weg zum Eingang. Dabei wurden wir unzählige Male in die Seite geknufft und angerempelt. Annika war den Tränen nahe. Henning schrie vor Angst und klammerte sich verzweifelt an der Karre fest.

»Wir sind ja gleich da!« brüllte ich ihm ins Ohr.

Vor der Tür ging es etwas ruhiger zu. Dort standen ein paar ältere Mädchen zusammen, bürsteten sich unentwegt die Haare und schwärmten von David Hasselhoff und Patrick Swayze.

Offensichtlich war ich die einzige Mutter, die ihr Kind am ersten Tag zur Schule gebracht hatte. Ich sah mich erstaunt um. Tatsächlich, außer einem auf und ab patrouillierenden Lehrer und mir war kein erwachsener Mensch auf dem Schulhof zu sehen. Ich entdeckte ein paar von Annikas zukünftigen Mitschülern; sie quetschten sich mit ängstlichen Gesichtern in einer Ecke zusammen und zeigten alle Anzeichen einer beginnenden Panik. Ich schüttelte den Kopf. Um die Einschulungsfeier machten die meisten Eltern ja ein großes Brimborium, mit Omas und Opas und allem Drum und Dran; aber an diesem ersten, bedeutsamen Tag überließen sie ihre Kinder allein dem Schicksal!

Als es klingelte, stürmte die Meute plötzlich auf den Eingang zu und versuchte, sich hindurchzuquetschen. Wir wurden hoffnungslos mitgerissen. Ich packte Annika und Henning am Handgelenk, zerrte sie zu mir herüber und »hakte« sie an der Kinderkarre fest. Als wir diesen Engpaß schließlich überwunden hatten, atmeten wir erleichtert auf und machten uns auf den Weg zum Klassenzimmer der 1b.

Als wir dort ankamen, zitterte Annika am ganzen Körper. Sie hatte zehn Meter lange Arme, zwei linke Füße und eine gequälte, zuckende Visage. Sie war offensichtlich nahe dran, in Tränen auszubrechen. Mein Herz quoll über vor Mitleid. Ich ließ mich überreden und brachte sie noch bis zu ihrem Sitzplatz. Während sie sich ängstlich auf ihren Stuhl quetschte, sah ich mich verstohlen um: drei Gruppentische mit jeweils sechs Plätzen. Ein Lehrer auf 18 Schüler. Nicht schlecht!

Von solchen Verhältnissen konnten wir früher nur träumen. In unserer kleinen Dorfschule wurden bis zu vier Klassen in einem einzigen Raum zusammengepfercht. Vorne stand ein mehr oder weniger autoritäres Individuum und versuchte uns mittels Zuckerbrot und Peitsche im Zaum zu halten. (Was gar nicht so einfach war!)

Nun mußte ich mich aber trollen! Es war höchste Zeit. Ich klopfte Annika auf die Schulter, wünschte ihr alles Gute und drehte mich auf dem Absatz um.

Sie wollte sich an mir festkrallen, aber ich riß mich energisch los und stürmte zur Tür. Dort prallte ich beinahe mit Frau Rothenhagen, Annikas Klassenlehrerin, zusammen.

»Guten Morgen, Frau Steen«, sagte sie überrascht und musterte mich von oben bis unten. Ehe ich etwas erwidern konnte, schlug sie mir auch schon die Tür vor der Nase zu.

Abgefahren!

Also wirklich, in dieser Schule kam man sich ja vor wie ein störender Fremdkörper, wie ein maßlos lästiges Subjekt. Ich atmete dreimal tief durch und machte mich dann frustriert auf den Heimweg.

Erwartungsgemäß war ich die einzige Mutter, die ihr Kind nach der vierten Stunde wieder abholte. Annika war froh, als sie mich auf dem Schulhof zwischen all den tobenden Kindern entdeckte. Erleichtert flog sie mir in die Arme. Kaum hatte ich sie wieder heruntergesetzt, da sprudelten auch schon die ersten Geschichten aus ihr heraus. Sie hätten einen neuen Freund, der wäre knallorange mit schwarzen Zotteln oben auf dem Kopf. Von dem könnten sie sogar schon den Namen schreiben.

»Wie heißt er denn?« erkundigte ich mich.

»Fu.«

»Fu? Und das könnt ihr schon schreiben?«

Sie nickte stolz. Ich konnte mich nicht genug wundern. Was waren denn das für neue Methoden? Einfach mitten im Alphabet anzufangen. Früher wäre das undenkbar gewesen. Da fing man bei dem großen »A« an und hörte bei dem kleinen »z« auf. Alles andere war Anarchie.

Und überhaupt, am allerersten Schultag schon Schreibübungen. Früher ließ man sich viel mehr Zeit damit. Während unsere Lehrerin die ersten Machtkämpfe mit den frisch eingeschulten Bauernlümmeln ausfocht (und so ganz nebenbei auch noch die anderen Klassen in Schach hielt), mußten wir schön stillsitzen und ein buntes

Tuschebild nach dem anderen produzieren. Ich malte immer das gleiche: ein Haus mit Gartenzaun und Blümchen drumherum und oben in der Ecke die obligatorische Strahlesonne.

Erst nach ein paar Wochen – als die Positionen hinreichend geklärt waren – kamen wir langsam zur Sache.

An den folgenden Tagen brachte ich Annika wieder zur Schule. Erst begleitete ich sie bis zu ihrem Sitzplatz, dann bis zur Klassentür und schließlich nur noch bis zum Haupteingang. Ich war froh, daß sie meinen langsamen, aber stetigen Rückzug akzeptierte, auch wenn sie vor Aufregung am ganzen Körper zitterte.

Am achten Tag lief mir plötzlich Frau Rothenhagen über den Weg. Sie steuerte auf mich zu, begrüßte mich munter und bat mich dann eindringlich, Annika nicht mehr zur Schule zu bringen. Das Kind würde sonst nie lernen, sich selbständig und eigenverantwortlich zu verhalten.

Ich schnappte empört nach Luft. Jahrelang war es gut und richtig gewesen, die Kinder in der ersten Zeit auf dem Schulweg zu begleiten, besonders wenn sie sehr ängstlich und schüchtern waren. Ich selbst wurde mehrere Wochen lang von meiner Mutter zur Schule gebracht. Auf diese Art und Weise konnte ich in Ruhe meine Ängste und Hemmungen abbauen.

Hatte das, was früher gut und richtig war, denn heute keine Gültigkeit mehr? Sicherlich, die Zeiten hatten sich geändert und mit den Zeiten auch die pädagogischen Richtlinien. Aber ich wollte nicht meckern! Vieles hatte sich im Laufe der letzten beiden Jahrzehnte zum Besseren gewendet. Heutzutage wurden die Kinder nicht mehr mit dem Rohrstock verprügelt oder für drei Stunden in die Ecke gestellt. Niemand schlug ihnen ins Gesicht oder zog ihnen die Ohren lang. Das alles war vor 22 Jahren durchaus noch an der Tagesordnung. Ich selbst hatte vier oder fünf ernsthafte Zusammenstöße mit meiner damaligen Lehrerin – dabei war ich noch ein relativ braves Mädchen. Den »richtigen« Lausejungs erging es schlecht. Die hatten nichts zu lachen.

Aber diese Zeiten waren gottlob vorbei.

Heute gab es statt Psychoterror und Prügel »eine von Pädagogen und Psychologen entwickelte, auf objektiven Befunden beruhende Erziehungsstrategie«. (Dieser schlaue Satz stammt leider nicht von mir.)

Nachdem ich Frau Rothenhagen versprochen hatte, Annika nur noch vier Tage lang zur Schule zu bringen, war sie halbwegs beruhigt. Wir verabschiedeten uns ausgesprochen herzlich voneinander.

Nach Ablauf dieser Schonfrist mußte Annika sich wohl oder übel allein auf den Schulweg machen. Sie war sehr aufgeregt und zitterte am ganzen Körper, aber immerhin zeigte sie keine Anzeichen von Panik. (Insofern hatte sich meine Aktion doch gelohnt.)

Zwei Wochen später ging ich zum ersten offiziellen Elternabend in die Schule.

Elternabende waren mir schon im Kindergarten immer ein Greuel. Es kostete mich jedesmal unendlich viel Überwindung hinzugehen. Ich konnte mir schon denken, was da auf mich zukam: drei Stunden Blablabla. Viel Gerede um nichts. Eine Anekdote würde die nächste jagen; und wenn man dann um elf Uhr abends endlich nach Hause ging, fragte man sich mal wieder vergeblich, was das Ganze nun eigentlich gebracht hatte.

Ich quetschte mich auf einen dieser lächerlichen kleinen Kinderstühle, scharrte unbehaglich mit den Füßen und harrte der Dinge, die da kommen würden.

Zunächst berichteten die beiden Lehrerinnen von ihrer Arbeit mit der Klasse.

Das, was sie da mit schönen und tragenden Stimmen intonierten, klang wie ein Märchen aus einer schönen, besseren Welt. Wir saßen ganz still auf unseren Plätzen und hörten ihnen verzaubert zu. Eine herrliche Stunde lang gaben wir uns der Illusion hin, daß es einen Ort auf der Welt gab, wo sich unsere Kinder halbwegs anständig benahmen, wo es keine Konflikte gab, und wenn doch, dann wurden sie von einem ganzen Stab erfahrener Pädagogen umgehend und aufs einfühlsamste gelöst.

Erst als sie geendet hatten, kehrte mein angeborenes Mißtrauen wieder zurück. Ja, wo gab's denn so was? Das klang ja alles viel zu schön, um wahr zu sein. Waren es denn immer nur die Eltern, die ausrasteten, ihre Fassung verloren, um sich schlugen, verzweifelten? Blieben die Lehrer von diesem Schicksal gänzlich verschont, obwohl sie doch auch tagtäglich mit den Gören zu tun hatten? Standen sie tatsächlich so souverän über den Dingen wie sie vorgaben?

Ich wurde das Gefühl nicht los, daß sie auf den Elternabenden – bewußt oder unbewußt – eine Riesenshow abzogen. Dabei entwarfen sie ein ganz bestimmtes Bild von sich und ihrem Berufsstand; ein Bild, wie sie es selber gerne hätten. Jeder pädagogische Laie mußte unweigerlich in Verzückung geraten. Auch die meisten Eltern waren nur allzu geneigt, ihnen das abzukaufen.

Aber ich war nicht bereit, mich blenden zu lassen. Ich würde aufpassen wie ein Schießhund.

Manchmal fragte ich mich, warum ich so eine Abneigung gegen die armen Pauker hatte. Weil sie den permanenten Schrecken meiner Kindheit verkörperten? Vielleicht.

Auf jeden Fall hatte ich Angst vor ihnen. Sie waren nett und freundlich, aber mein Herz klopfte wie verrückt, wenn ich mit ihnen sprach. Sie gaben mir das Gefühl, wieder eine dumme, pubertierende Gans zu sein, und das nahm ich ihnen übel.

Mein ganzes Selbstbewußtsein, meine ganze Lebenserfahrung als Mutter, wie weggewischt! Und ich hatte mich auch noch extra für diese beiden Superfrauen da vorne herausgeputzt. Da saß ich nun mit meinen frisch aufgedrehten Haaren in der ersten Reihe und kam mir total bescheuert vor.

Aber da war auch noch etwas anderes. Ich spürte ihre Erwartungshaltung. Ich sollte meine Tochter zu einer selbständigen, vernünftigen, pünktlichen, sauberen und gehorsamen kleinen Staatsbürgerin erziehen. Ich war dafür verantwortlich, daß die von ihnen aufgestellten Regeln eingehalten wurden. Sie drängten mich in die Rolle der Vollzugsbeamtin, und dem fühlte ich mich einfach nicht gewachsen.

Es dauerte eine ganze Weile, bis mein Zorn halbwegs verraucht war. Aber das Unbehagen blieb.

Nach und nach normalisierte sich unser Alltagsleben. Annika ging recht gerne zur Schule. Sie saugte den Lehrstoff in sich auf wie ein Schwamm und setzte das Gelernte auch sofort in die Praxis um.

Die Kinder wurden übrigens nach dem Prinzip des »Offenen Unterrichts« unterrichtet. (Alle fünf Jahre eine neue Lehrmethode! Diese war noch relativ neu und versetzte die Fachwelt in Entzücken.) Am Montagmorgen bekamen sie einen Stapel Arbeitsbögen auf den Tisch geknallt; den mußten sie in Eigenregie bis zum Wochenende abarbeiten. Zwischendurch durften sie auch mal Mensch-ärgere-dich-nicht oder Memory spielen. Sie hatten eine richtige, mit Teppichboden und Matratze ausgestattete Spielecke. Dort befand sich auch ihre »Bibliothek«.

Ich war erstaunt, daß sich keines der Kinder querstellte und die Mitarbeit verweigerte. Im Gegenteil, alle waren mit Feuereifer dabei. Aber wie hieß es doch so schön: Neue Besen kehren gut. Ich war gespannt, wie sich die Sache weiterentwickeln würde.

Was die Schularbeiten anging: In Annikas Zimmer stand ein nagelneuer Schülerschreibtisch mit allem Drum und Dran. Aber sie weigerte sich, ihn zu benutzen. Sie wollte ihre Schularbeiten bei uns machen, in der Küche oder im Wohnzimmer, mitten im Chaos. Nach einer Weile ließ ich sie gewähren. Ich hatte keine Lust, mich ewig mit ihr herumzustreiten.

In der Schule lernte Annika auch viele Dinge, die über das rein Fachliche hinausgingen, zum Beispiel, ihre Ängste abzubauen. Immer wieder hielt eine Clique von Hauptschülern sie am Tornister fest, zog ihr die Mütze herunter oder zerrte sie am Ärmel. Jedesmal kam sie in Tränen aufgelöst zu Hause an. Aber ich konnte und wollte ihr nicht mehr helfen. Es gab jetzt Dinge, mit denen sie alleine fertigwerden mußte. Nach ein paar Monaten hatte sie gelernt, sich die Kerle vom Hals zu halten. Viel moralische (und handfeste) Unterstützung bekam sie dabei von ihren Mitschülerinnen. Wenn's mal brenzlig wurde, hielten die Mädchen wie Pech und Schwefel zusammen. Ihre treueste Mitstreiterin (und Banknachbarin) hieß übrigens Birgit. Die beiden verstanden sich sehr gut.

Ich hatte im ersten Schuljahr das zweifelhafte Glück, neben einem maßlos dummen Geschöpf namens Ingrid zu sitzen. Ingrid war schon dreimal sitzengeblieben und schickte sich an, dies auch noch ein viertes Mal zu tun. Wenn sie den Mund aufmachte, schickte man einen heimlichen Stoßseufzer zum Himmel und dachte: Mein Gott, wie kann man bloß so beschränkt sein! Ich versuchte die drohende Gefahr noch abzuwenden und übte stundenlang mit ihr das Alphabet. Aber meine Intervention war leider vergeblich. Irgendwann mußte Ingrid unsere Schule verlassen. Ich weiß nicht, was aus ihr geworden ist.

Merkwürdig, in dieser Zeit dachte ich oft an meine eigene Grundschulzeit zurück. Was war gut? Was war schlecht? Ein paar Dinge konnte man getrost vergessen: die Prügelszenen, die chaotischen Zustände, die Vetternwirtschaft, betrieben von einem überaus tyrannischen Oberlehrer.

Aber es gab auch ein paar Dinge, an die ich mich gerne erinnerte: geöffnete Fenster... milde Sommerluft... der Geruch von Heu und Blumen... in der Klasse ist es still... in der Ferne die Geräusche von Treckern und Mähdreschern... irgendwo bellt ein Hund...

Kitschig-blanke Sommer-Sonne-Maikäfer-Kinderzeit!

Es geht abwärts!

Seit ich Mutter bin, geht es nicht nur mit meiner körperlichen, sondern auch mit meiner geistigen Kondition abwärts. Ich bin einfach nicht mehr fähig, mich auf irgend etwas zu konzentrieren. Sogar beim Schreiben dieser Zeilen werde ich immer dümmer; statt mich weiterzubilden, mekkere ich mir nur meinen Alltagsärger von der Seele. Meinen letzten geistigen Kraftakt vollbrachte ich vor fünf... sechs... sieben Jahren? Selbst das weiß ich nicht mehr. Ein trauriges Bild.

Irgendwann hatte ich die Nase voll. Immer nur stricken, saufen und die »Schwarzwaldklinik« gucken, das konnte doch nicht alles sein. Wo blieb denn da das geistige Element?

Wenn ich so an früher dachte... Mann, was war das toll! Wie oft haben Hans Wilhelm und ich splitterfasernackt – nur mit der Brille bekleidet – im Bett gelegen und Chemie gebüffelt oder Physik oder Mathe. Er brachte mir die Naturwissenschaften nahe wie sonst niemand vorher und hinterher. In meinem Abiturzeugnis glänzten plötzlich da, wo sich vorher nur die Vieren verschämt versteckt hatten, lauter Zweien.

Es gab also tatsächlich mal eine Zeit, wo ich wußte, was ein Mol ist oder ein Newton oder eine vektorielle Addition. Ach ja, lang ist's her. Heute sind diese Begriffe nur noch leere Worthülsen für mich.

Nach dem Abitur warf ich erleichtert Ballast ab: Chemie, Physik, Mathe, nie wieder! Deutsch und Englisch, nie wieder! Sport, nie wieder! Keine Formeln mehr, keine Vokabeln, kein schweißtreibendes Gehechel auf dem Sportplatz.

Auch im Privatleben achtete ich peinlich darauf, mich nicht mehr geistig zu überanstrengen. Die Schachpartien mit Hans Wilhelm schränkte ich drastisch ein, und im Bett lagen wir auch nicht mehr. Jedenfalls nicht, um zu lernen.

Ich war frei, im wahrsten Sinne des Wortes.

Fortan wollte ich mich nur noch meinen künstlerischen Neigungen hingeben. Aber weil man von der Kunst allein nicht satt wird (ich hatte eine malende Tante und wußte Bescheid), fing ich an, Grafik-Design zu studieren. Dieser Entschluß hatte zur Folge, daß Hans Wilhelm und ich uns intellektuell *noch* weiter auseinanderlebten. Während er Maschinenbau studierte und immer gescheiter wurde, saß ich fröhlich singend an meinem Schreibtisch, zeichnete vor mich hin und genoß die Funkstille in meinem Kopf. Um mich herum eine Wüste aus Papier- und Kartonschnipseln, Klebestreifen, Tuschefüllern, Filzstiften und Pinseln.

Wenn ich tatsächlich mal ein Referat halten mußte (was selten vorkam), besorgte ich mir in der Bibliothek kurzerhand ein halbes Dutzend Bücher und schrieb mir das Gewünschte zusammen. Darin war ich groß.

Auch die Klausuren überstand ich irgendwie; auf mein Kurzzeitgedächtnis war immer noch einigermaßen Verlaß.

Zusammenfassend konnte man sagen: Ich bewegte mich im Dunstkreis der Bildungsbürger, ich sprach sogar ihre Sprache, aber im Grunde genommen war ich dumm. Strohdumm! Zu einer eigenen, geistig-schöpferischen Leistung war ich gar nicht mehr fähig. Aber das hat niemand von den verantwortlichen Rockkragen dort gemerkt. Ich war immer viel zu lieb und brav, um auf irgendeine Abschußliste zu geraten.

Später, nach Annikas Geburt, trieb ich es noch auf die Spitze und betrat die Uni nur mit vor die Brust gebundenem Säugling. Ich fand sehr schnell heraus, daß er wie ein Schutzschild gegen Ärger und Unstimmigkeiten aller Art wirkte. In meiner neuen Eigenschaft als Mutter wurde ich von den Professoren so unendlich milde und nachsichtig behandelt, daß ich meinen Kommilitonen gegenüber schon fast ein schlechtes Gewissen bekam.

Tja, und irgendwann hatte ich mein Diplom dann plötzlich in der Tasche. Welch ein Triumph! Endlich konnte ich so leben, wie ich es mir immer gewünscht hatte, frei von Prüfungen und ohne Streß.

Trotzdem fühlte ich mich nicht ganz wohl in meiner Haut. Also, was war los mit mir? Es dauerte eine ganze Weile, ehe ich auf die simple Antwort kam. Je mehr ich meinen Gesichtskreis einschränkte, desto mehr mickerte auch mein Selbstbewußtsein vor sich hin. Ich war nicht gerade stolz auf meinen »Beruf«. Kinderkriegen konnte schließlich jede dumme Kuh; das allein war noch kein Verdienst. Und was das andere anging...

In den Medien wird unsere Vielseitigkeit und Leistungsfähigkeit ja in regelmäßigen Abständen bejubelt. Eine »gute« Hausfrau und Mutter vereinigt unzählige Berufsgruppen in sich: Koch, Bäcker, Gärtner, Raumpfleger, Maler, Tapezierer, Elektriker, Installateur, Chauffeur, Dekorateur, Friseur, Schneider, Erzieher, Lehrer, Beschäftigungstherapeut, Krankenpfleger, Seelsorger, Finanzverwalter, Einkäufer, Sekretär, Richter und nicht zuletzt Krisenmanager. (Im Nebenberuf sind wir auch noch Packesel, Prügelknabe und Klettergerüst; aber das ist ein Kapitel für sich.)

Ich sage, wir sind alles ein bißchen, aber nichts *ganz*. Und das sieben Tage in der Woche und vierzehn Stunden täglich (von den Nächten ganz zu schweigen).

Ich kann dem kollektiven Lobgesang der Medien keinen Glauben mehr schenken. Wenn wir tatsächlich so hochqualifiziert und multitalentiert sind, wo bleiben dann, bitte schön, unsere Spitzengehälter? Wo bleibt unser Rentenanspruch? Wo bleibt die vollständige gesellschaftliche Anerkennung? Und wo bleibt unser roter Teppich? Ich werde das Gefühl nicht los, daß »die« uns mit ihren Schmeicheleien einlullen und dann – lammfromm und gezähmt! – in irgendeiner Ecke abstellen wollen. Denn nichts ist schwerer zu ertragen als eine Horde aufmüpfiger Möchtegern-Emanzen. Aber ich schweife mal wieder ab.

Wie gesagt, irgendwann hatte ich plötzlich genug und stellte mich vor den Spiegel. Da gähnte mir zwar ein leidlich hübsches, verschlafenes Gesicht entgegen, aber mit *mir* hatte dieses maskenhafte Gebilde keinerlei Ähnlichkeit mehr. Die Ulla von früher – dieses springlebendige Mädchen – gab es nicht mehr. Die hatte ich auf dem Gewissen.

Aber ich würde sie wiederbeleben, komme, was da wolle.

Also, weg mit dem Stroh aus meinem Kopf. Ab sofort trat ein Dreipunkteprogramm zur Steigerung meiner geistigen Leistungsfähigkeit (und damit zur Steigerung meines Selbstwertgefühls) in Kraft.

Erstens wollte ich mir wieder eine gewisse Allgemeinbildung aneignen. Dazu gehörte neben dem intensiven Studium unseres örtlichen Käseblattes auch das konzentrierte Zuhören bei den Nachrichtensendungen in Funk und Fernsehen. Außerdem wollte ich jedes Kreuzworträtsel lösen, das mir unter die Finger kam. Meine Oma väterlicherseits behauptete immer, das wäre das beste Mittel gegen geistige Verkalkung. Womit sie zweifellos recht hatte; bis zu ihrem Ende im Alter von 88 Jahren wußte sie stets über alles und jeden Bescheid.

Zweitens wollte ich keiner öffentlichen Diskussion mehr aus dem Wege gehen und stets meine eigene Meinung vertreten (sofern ich eine hatte, was selten vorkam).

Und drittens wollte ich wieder mehr nach »draußen« gehen, einen Volkshochschulkursus besuchen, Sport treiben oder ähnliches.

So weit, so gut.

Fortan hockte ich jede Stunde vor dem Radio und versuchte zu begreifen, was man mir da erzählte. Das war gar nicht so einfach. Wer konnte mir schon den Unterschied zwischen einem Palästinenser, einem Drusen, einem Schiiten und einem pro-iranischen Fundamentalisten erklären? Daß die irgendwas mit dem Libanon zu tun hatten, war mir inzwischen klar. Aber was? Und wo lag der

Libanon überhaupt? Im Nahen Osten oder im Vorderen Orient? Nie konnte ich die beiden Dinger auseinanderhalten. Ich stieg auf den Dachboden und suchte in unserer verstaubten Bücherkiste nach meinem alten Schulatlas. Gott sei Dank, er lebte noch. Ich trug ihn erleichtert nach unten und hatte beim anschließenden Durchwälzen einige Aha-Erlebnisse.

In jeder Nachrichtensendung prasselten die leeren Worthülsen auf mich herab wie Hagelkörner. Hin und wieder bat ich Hans Wilhelm, mir den einen oder anderen Begriff noch mal zu erklären (er war in solchen Dingen erstaunlich fit), aber fünf Minuten später hatte ich schon wieder alles vergessen. Es war ein Trauerspiel.

Beim Zeitunglesen mußte ich mich energisch zusammenreißen. Immer wieder zog es mich zum Lokalteil und zur Klatschspalte hin.

In Klein Wesenberg wurde einer Rentnerin die Handtasche gestohlen. Zwei neunjährige Jungen warfen Pflastersteine auf die Autobahn. Zsa Zsa Gabor ließ ihren himmelblauen Rolls Royce versteigern. Meldungen dieser Art *verschlang* ich förmlich. Wen interessierte es da schon, ob der Stahlverbrauch global zu- oder abnahm. Und daß der Dollarkurs mal wieder in den Keller fiel, riß mich auch nicht gerade vom Hocker. Nichtsdestotrotz quälte ich mich tagtäglich und tapfer durch den Hauptteil unserer Zeitung; immer mein eines großes Ziel vor Augen: mir im Schnellkurs eine gewisse Allgemeinbildung anzueignen.

Was die Kreuzworträtsel anging... Meine Oma würde sich im Grabe umdrehen, wenn sie wüßte, wie stümperhaft ich die Sache anging. Altrömische Münze? Keine Ahnung. Stern im Walfisch? Weiß ich nicht. Deutscher Dichter mit sechs Buchstaben? Senkrecht. Goethe? Nein, das kam nicht hin. Oder doch? Mal sehen, mit welchen Begriffen sich der Goethe kreuzen würde. Zweiköpfiger Bolzen? Das kann ich nachher Hans Wilhelm fragen. Der muß es ja wissen als Maschinenbauer. Aber was soll ich solange machen? Mal eine andere Querverbindung probieren. Heiligenschein? Wenn ich das jetzt wüßte... dann hätte ich den zweiten Buchstaben von dem angeblichen Goethe.

Heiligenschein? Heiligenschein? Also, jetzt ist Schluß! Ich probier's mal woanders. Verfechter unausführbarer Ideen? Sieben Buchstaben. Das würde ja glatt auf mich zutreffen! Leider hat mein Taufname nur sechs Buchstaben. Mal wieder die Kreuzungen abklappern. Europäer im Baltikum? Wo liegt das Baltikum? Hat das was mit dem Balkan zu tun? Atlas her! Ich find es nicht.

Es war völlig unmöglich – ich betone: *völlig unmöglich!* –, daß ein so dummes Huhn wie ich dreizehn Jahre lang zur Schule gegangen war (von den fünf Jahren auf der Uni ganz zu schweigen). Waren die denn damals alle mit Blindheit geschlagen? Es lag doch klar auf der Hand: Ich war nicht nur dumm, ich war sogar ausgesprochen dämlich.

Jetzt war es aber an der Zeit, endlich aus dem Haus zu gehen und sich den Wind um die Nase wehen zu lassen. Ich meldete mich für einen Englischkursus in der Volkshochschule an.

Gleich am ersten Abend schockierte uns ein kerniger junger Lehramtsanwärter mit einer fünf Seiten starken Grammatik und etlichen Fachausdrücken. Ich blätterte hilflos in dem Machwerk und dachte: Hast du das nötig? Sind dreizehn Jahre noch nicht genug? Warum setzt du dich dem Streß hier aus? Und dieser Schulmief! Dieser Geruch von Bohnerwachs und Schweiß und nassen Klamotten. Beklemmend! Wäre ich doch bloß zu Hause geblieben. Aber nein, ich mußte mich ja unbedingt hier vor allen Leuten blamieren.

Fünf Abende hielt ich durch. Am sechsten hatte ich fürchterliche Kopfschmerzen und ging früh zu Bett. Am siebten hatte ich eine Magen-Darm-Grippe. Am achten Abend merkte ich, daß ich total den Anschluß verpaßt hatte.

Den neunten, zehnten, elften und zwölften Abend schenkte ich mir. Es hatte ja doch keinen Sinn!

Was meine öffentlichen Auftritte anging: Wie immer

ließ ich die anderen reden und beschränkte mich aufs Zuhören. Und wenn ich doch mal den Mund aufmachte, wurde ich von den anderen Diskussionsteilnehmern mit zwei oder drei knallharten Argumenten vom Ring geschmettert. Zack, zack! Peng, peng!

Nach ein paar Wochen erklärte ich meinen Schnell- und Intensivkurs in Sachen Allgemeinbildung für beendet. Obwohl ich in jeder Beziehung gescheitert war, hielt sich meine Trauer in Grenzen. Mittlerweile waren mir nämlich einige Zweifel gekommen. Trug die bloße Anhäufung von Wissen tatsächlich zur Steigerung des Selbstwertgefühls bei? Ich glaube kaum. Bestes Beispiel, meine Schwester. Lauter Einser im Abitur und mit 21 Jahren schon ein abgeschlossenes Ingenieurstudium. Aber im Alltagsleben war sie genauso hilflos und unsicher wie ich.

Im Grunde genommen mußte ich doch nur lernen, »ja« zu mir zu sagen. Eigenliebe war noch immer die beste Grundlage für ein gesundes Selbstbewußtsein.

Also konnte ich die Sache mit der Bildung auch gleich sein lassen. Das ersparte mir eine Menge Arbeit und Mühe. Trotzig feuerte ich meine Englischgrammatik in die Ecke, schmiß die leeren Rätselhefte in den nächsten Altpapiercontainer, stellte unser Vorkriegslexikon ins Regal zurück und verstaute den Atlas wieder in der Bücherkiste auf dem Dachboden.

Danach fühlte ich mich so leicht und frei wie schon lange nicht mehr.

Wintertage

Es ist komisch: Je älter ich werde, desto mehr verliere ich das Zeitgefühl. Auch wenn die einzelnen Stunden des Tages oft zähflüssig dahintropfen, so vergeht doch ein ganzes Jahr meines Lebens – rückblickend betrachtet – erschreckend schnell. Die Zeit kommt mir vor wie ein Gummiband, mal zusammengezogen und schlaff, mal schmerzhaft und zum Zerreißen gespannt.

Die ganzen Weihnachtsferien über hatten wir auf Schnee gehofft. Aber wie üblich war es trockener als im November und wärmer als im April.

Mitte Januar, die Ferien waren gerade vorüber, fing es plötzlich an zu schneien. Aber kein Bilderbuchschnee, weiß Gott nicht. Schwer und naß tropften die Flocken vom Himmel und schmolzen am Boden zu großen Wasserpfützen. Es versprach ein langer und trüber Wintertag zu werden.

Um sechs Uhr morgens quälten Hans Wilhelm und ich uns schlaftrunken und fröstelnd aus dem Bett. Ich hatte mal wieder diesen ekligen Geschmack im Mund und dieses taube Gefühl im Kopf. Ich konnte nicht sagen, ob wir Montag oder Mittwoch oder sonstwas hatten. Das war mir auch egel. Für mich gab es nur die Unterscheidung »Werktag« oder »Wochenende«.

Heute war ganz eindeutig ein Werktag, denn unser Radiowecker quäkte uns bereits seit einer Viertelstunde die Ohren voll. Als wir leise aus dem Schlafzimmer schlichen, standen Henning und Maren schon »Gewehr bei Fuß«. Jedesmal das gleiche! Sobald Henning die ersten, zaghaften Regungen bei uns nebenan hörte, schoß er ruckartig aus dem Schlaf hoch. Beim anschließenden Abstieg vom Etagenbett veranstaltete er dann so einen Radau, daß Maren ebenfalls wach wurde.

Während Hans Wilhelm ins Badezimmer ging, wickelte

ich die beiden Nervensägen in ihre Bademäntel ein. Maren hatte noch nicht ausgeschlafen und heulte Rotz und Wasser. Mein Katzenjammer war unbeschreiblich.

Ich stieg – ein Kind auf dem Arm, eines an der Hand – die Treppe hinunter, ging in die Küche und deponierte die beiden Kleinen in ihren Hochstühlen. Dann kochte ich erst mal Kaffee. Das leise Gurgeln des Automaten und der aufsteigende, frische Geruch beruhigten meine angegriffenen Nerven ein wenig. Dann machte ich mich an die Zubereitung unseres Morgenmüslis: ein Teil zerstampfte Getreidekörner, ein Teil zerkleinertes Obst, ein Teil Vollmilchjoghurt.

Henning und Maren waren leider keine Anhänger der Vollwertkost und protestierten lauthals.

»Ruhe!« schrie ich verzweifelt und schlug mit der Faust auf den Tisch. Jeden Morgen der gleiche Frust. Wie sollte ich die Kinder bloß gesund und munter erhalten, wenn sie jede vitamin- und eiweißhaltige Kost hartnäckig zurückwiesen. Wir landeten natürlich wieder bei einem Kompromiß. Papa und Mama aßen das gesunde Müsli, und die Kinder bekamen Cornflakes.

Um halb sieben verließ Hans Wilhelm das Haus und fuhr zur Arbeit. Ich schaute ihm seufzend nach. Heute war Donnerstag (wie ich inzwischen in Erfahrung gebracht hatte); er würde also erst spät wiederkommen. Vor mir lag einer dieser endlos langen, dunklen Wintertage, die mich fast bis an den Rand des Wahnsinns treiben konnten.

Lustlos weckte ich Annika, half ihr beim Anziehen und schob sie um kurz vor acht aus der Tür. Danach zog ich die Kleinen an und machte mich selber fertig.

Der Vormittag tröpfelte so vor sich hin, draußen und drinnen. Ich brachte keine rechte Energie für die Hausarbeit auf. Die meiste Zeit stand ich am Fenster und starrte deprimiert auf die tropfnassen Felder hinaus. In den Akkerfurchen blitzte es weiß; aber das bißchen Schnee würde wahrscheinlich im Laufe des Tages schmelzen. Der Boden war noch viel zu warm.

Im Sommer konnte die Gegend hier wunderschön sein. Rund ums Haus nur hügelige Wiesen und Wälder; man saß wirklich mittendrin.

Aber im Winter, mein Gott! Da konnte man trübsinnig werden. Alles kahl und leer und tot. Nichts rührte sich. Wenn man Glück hatte, liefen ein paar Rehe über die Felder, das war alles.

In der Stadt waren die Sommer stickig-heiß und kaum zum Aushalten. Aber die Winter waren lebendig, trotz der Kälte. Überall Leute auf der Straße und Autos. Wenn man sich langweilte, fuhr man einfach in die Stadt und ließ den Trubel in der Fußgängerzone auf sich wirken. Oder man ging mit den Kindern auf den Spielplatz. Selbst bei klirrendem Frost traf man dort immer die gleichen Leute. Bei minus fünf Grad draußen stehen und sich seelenruhig über Kindererziehung unterhalten, das brachten nur die Städter fertig. (Aber *leben* mochte ich dort auch nicht mehr. Zuviel Lärm. Zuviel Gestank. Zuwenig Hackabstand.)

Die Leute hier im Dorf blieben den ganzen Winter über zu Hause. Spaziergänge, Besuche, Shopping, das alles fand – wenn überhaupt – nur äußerst selten statt. Die wenigen, dringend nötigen Besorgungen erledigte man per Auto. (Zweckgebundenes Zufußgehen war hier unbekannt!) Ansonsten verharrte alles in Wartestellung.

Erst im Frühling war der Dornröschenschlaf vorüber. Die Leute kamen aus ihren Häusern heraus und rückten voller Inbrunst dem Unkraut in ihren Vorgärten zu Leibe. Dabei tratschten sie ausgiebig miteinander; man hatte ja schließlich Nachholbedarf. Die Kinder rotteten sich zusammen und zogen mit ihren Puppenwagen, Barbiekoffern, Flitzebögen, Kampfschwertern und Pistolen von einem Haus ins andere. Hilflos und irritiert sah ich mich dieser plötzlichen Invasion ausgesetzt. Wieso spielten die andauernd so konfuse Sachen? Und warum war ich dagegen so machtlos?

Um wieder auf den Winter zu kommen: In der Regel war das alles auch gar nicht so schlimm. Nur an manchen

Tagen im Januar oder Februar, da kam es dann... Die Decke fiel mir auf den Kopf und blieb dort als Zehntonnengewicht liegen. Zwang mich auf die Knie, zerquetschte mich, bis ich so klein war mit Hut!

So ein Tag stand mir heute wieder bevor; ich spürte ihn schon kommen.

Mit letzter Kraft versuchte ich die lähmende Schwermut, die langsam Besitz von mir ergriff, abzuschütteln. Hängte mich ans Telefon und wählte die Nummer von meiner Nachbarin Margret. Ich hatte den Hörer kaum am Ohr, da fiel mir ein, daß sie ja noch in der Schule war. Schnell legte ich wieder auf und wagte einen allerletzten Versuch. Drehte das Radio voll auf und tanzte wie irre in der Küche herum.

Für Henning und Maren war Fliegeralarm. Sie lagen vor Schreck platt auf dem Boden und schrien sich die Kehle aus dem Leib. Da stellte ich den Kasten wieder aus, zog mir die Kinder auf den Schoß und küßte ihre totenbleichen, kleinen Gesichter. Und schluckte die ersten Tränen herunter.

Was war das aber auch alles schrecklich. Und andererseits doch wieder völlig belanglos. Welches Gewicht hatten meine depressiven Verstimmungen schon gegenüber dem Elend auf der Welt: Hunger, Armut, Krieg, Folter – das alles wog ja weiß Gott viel schwerer. Mir ging's ja eigentlich gut. Ich gehörte zu den wenigen, wirklich privilegierten Menschen auf der Welt: aufgewachsen in einer intakten Familie, glückliche Kindheit. Alle, aber auch wirklich *alle* Möglichkeiten und Wege standen mir offen. Ich war im wahrsten Sinne des Wortes *frei*.

Zudem war ich mit einem Mann verheiratet, der mich liebte und begehrte und in jeder Hinsicht auf Händen trug. Ich hatte drei gesunde Kinder, die sich – trotz ihrer leicht neurotischen Mutter – offensichtlich normal entwikkelten. Mir ging's in jeder Beziehung gut.

Und doch...

An manchen Wintertagen brütete ich in einem tiefen Sumpf der Verzweiflung vor mich hin, wühlte und baggerte in der Vergangenheit herum, stellte alle meine Entscheidungen in Frage und ließ kein gutes Haar an mir. Und dann... dann stürzte meine Seele ab... und kein Mensch konnte sie auffangen...

Dann war die Welt wüst und öde und leer.

Es gab genug Frauen, die vor ihren eigenen Depressionen (und vor der sozialen Isolation) davongelaufen waren. Weg von ihren Kindern, rein in den Beruf. Die nicht »Hausfrau und Mutter«, sondern »Berufstätige und Mutter« sein wollten. Ob das nun das Nonplusultra für sie war, vermochte ich nicht zu sagen. Ich brachte es nicht fertig, einfach so aus der Familie zu »desertieren«. Schließlich hatte ich mir die Kinder gewünscht und sie bewußt ins Leben gerufen. Darum wollte ich nun auch nicht – ohne zwingenden Grund – vor ihnen davonlaufen. (Stimmt nicht. Alles Lüge. Am liebsten würde ich abhauen, eher heut als morgen!)

Außerdem hatte das Ganze noch einen praktischen Haken. All mein sauer verdientes Geld wäre sofort wieder für die Bezahlung einer Kinderfrau draufgegangen. Es sei denn, ich zahlte der einen Hungerlohn von noch nicht mal zehn Mark die Stunde, wie es leider in der Praxis durchaus üblich ist. (Da kann man mal wieder sehen, wie die Arbeitskraft einer Hausfrau finanziell eingestuft wird.)

Da ich also einer eventuellen Kinderfrau kein angemessenes Gehalt zahlen *konnte* und ihr keinen Hungerlohn zahlen *wollte*, ließ ich das Ganze doch am besten gleich bleiben. Es war Zeit, mit den Vorbereitungen fürs Mittagessen zu beginnen. Endlich konnte ich aktiv werden.

Aktivität, so hieß das Zauberwort. Nur damit konnte man sich aus dem Sumpf befreien.

Ich schepperte erleichtert mit den Töpfen und Pfannen und gab mich der Illusion hin, etwas unheimlich Wichtiges und Entscheidendes zu tun.

Nach dem Mittagessen brachte ich Maren zu Bett und machte den Abwasch. Dann war ich wieder arbeitslos.

Henning versuchte mich in ein Gespräch zu verwickeln (wir hatten ja so wenig Gelegenheit, allein miteinander zu sein), aber das infantile Niveau dieser Unterhaltung schaffte mich heute innerhalb kürzester Zeit.

Entnervt stülpte ich ihm unseren Kopfhörer über die Ohren, auf daß er Benjamin Blümchen hörte und mich in Ruhe ließ. Natürlich war mir klar, wie grausam das war, aber ich konnte einfach nicht anders.

Annika würde heute erst um Viertel vor eins aus der Schule kommen. Jetzt war es kurz nach zwölf. Ich stellte mich wieder ans Fenster, sah hinaus und schneuzte mir umständlich die Nase. Wie sollte ich bloß den ganzen Nachmittag überstehen? Es stand nichts, aber auch rein gar nichts an: kein Kindersport, kein Spielkreis, kein Chor.

Helga anrufen? Heike? Die anderen? Mich bei ihnen einladen? Ich verwarf diesen Gedanken sofort wieder. Ich war nicht in der Verfassung, irgendwohin zu gehen. Im Grunde genommen waren wir auch eine Zumutung für jeden Gastgeber, kamen wir doch immer gleich zu viert oder fünft. Und die Kinder stellten dort alles auf den Kopf. Nein, nein!

Ich war auch nicht in der Lage, selber Besuch zu empfangen. Wer hätte im Moment schon Freude an mir? Verzweifelt schluchzte ich in mein Taschentuch.

Als Annika nach Hause kam, hatte ich schon eine ganze Packung Tempos verbraucht. Sie schien nichts von meinem Zustand zu bemerken und meckerte sich munter ihren Schulfrust von der Seele.

Normalerweise hörte ich ihr aufmerksam zu, denn ich wußte noch aus meinen eigenen Kindertagen, wie wichtig dieses erste »Dampfablassen« nach der Schule war. Aber heute überwog in mir das Selbstmitleid. Nur zu, ladet alle eure Sorgen auf mir ab. Das macht den Kohl auch nicht mehr fett.

Nachdem Annika gegessen hatte, zog sie – freiwillig – ab und fing an, ihre Schularbeiten zu machen. Auf mich wartete immer noch die Hausarbeit, aber bei dem Gedanken daran wurde mir ganz schlecht. Ehrlich. Nein, heute nicht.

Ich versuchte es mit Stricken. Vergeblich.

Ich versuchte es mit Lesen. Umsonst.

Ich versuchte es mit Briefeschreiben. Ich brachte kein Wort zu Papier.

Zum Schluß stand ich wieder mit einem zerknüllten Taschentuch in der Hand am Wohnzimmerfenster und starrte deprimiert hinaus.

Hier saß ich nun in der Falle. Und hatte es doch nicht anders gewollt. Schließlich führte ich genau das Leben, das ich mir ausgesucht hatte.

Aber warum trat mir dann der Schweiß auf die Stirn? Warum war mir so elend? Warum sollte ich neun von zehn Stunden immer woanders sein als da, wo ich gerade war? Warum konnte ich das Zusammensein mit den Kindern nicht ertragen? Warum ließ ich zu, daß die Langeweile mich langsam, aber sicher umbrachte? Warum ließ ich mich von einer unsichtbaren Betondecke nach und nach zu Boden quetschen? Warum wehrte ich mich nicht? Und die Hauptfrage: Warum würde ich – könnte ich die Zeit zurückdrehen – alles ganz genauso noch einmal machen?

Gelähmt wie ein Vogel, der nicht mehr fliegen konnte, hockte ich in meinem goldenen Käfig und wartete auf...

Ja, worauf wartete ich eigentlich? Darauf, daß die Zeit verging? Vielleicht.

Der Nachmittag zog sich in die Länge wie ein klebriger Kaugummi. Jede Minute war eine Stunde, jede Stunde eine halbe Ewigkeit.

Wenn man erst mal tot war, wurde man in eine schmale Holzkiste gesperrt und verbuddelt, für den Rest aller Tage. Eine kleine Kostprobe dieser »Ewigkeit« wurde mir ja soeben gratis serviert.

Fang nicht wieder damit an, Ulla! Es ist absolut sinnlos, über diese Dinge nachzudenken. Schluß damit!

Nach dem Kaffeetrinken wollten die Kinder draußen Schlitten fahren. Als ich ihnen mitteilte, daß daraus wohl mangels Schnee nichts werden würde, fingen sie an zu randalieren. Ich packte die drei am Schlafittchen, zog sie zum Küchenfenster und zeigte mit dem Finger nach draußen.

»Habt ihr denn keine Augen im Kopf?« fragte ich mühsam beherrscht. »Das bißchen Schnee da draußen reicht doch zum Schlittenfahren nicht aus.«

Aber sie wollten nicht auf mich hören und gebärdeten sich wie toll. Schließlich gab ich nach. Ich war eben doch nur ein Spielball. Ein Spielball meiner Kinder.

»Na gut«, sagte ich gereizt. »Dann geht ihr eben raus.«

Zu diesem Zwecke bekleidete ich Maren mit

a) einer frischen Windel
b) einer Unterhose
c) einem Unterhemd
d) einer Strumpfhose
e) einer Jeanshose
f) einem Poloshirt
g) einem Wollpullover
h) einem Schal
i) einer Mütze
j) einem Anorak
k) zwei Handschuhen
l) zwei Schneestiefeln.

Bei Henning wiederholte sich das Spielchen. Annika konnte sich schon alleine anziehen, vermißte allerdings ihre Winterstiefel. Den einen fanden wir in der Spielzeugkiste, den anderen hinter ihrem Bett.

Nach zwanzig Minuten schob ich die Kleinen mitsamt Schlitten nach draußen.

Kaum hatte ich die Tür hinter ihnen zugeschlagen, da überkam mich einer dieser Schwächeanfälle, die mir in letzter Zeit so oft zu schaffen machten. Ich lehnte mich an die Wand, schloß die Augen und spürte, wie mir der Schweiß ausbrach. Ich versuchte mich noch mit den Händen abzustützen, aber irgendwie fand ich keinen Halt mehr und rutschte langsam an der Tapete runter, wie ein Klümpchen Butter in der Sonne. Unten angekommen, schlang ich die Arme um die Knie und versteckte meinen Kopf in dieser schützenden Höhle. Müde war ich, mein

Gott. Dort oben stand mein Bett – so nah und doch so fern. Schlafen. Nichts mehr hören, nichts mehr sehen. Feierabend.

Ich wußte schon, was mir fehlte: Zeit, Ruhe, ein eigenes Zimmer, ausreichend Schlaf. Im Grunde genommen ganz banale Dinge. Und trotzdem unerreichbar. Warum fiel meine Seele immer wieder in diesen eisigen Winterschlaf? Um auf einen Mangel an diesen Dingen aufmerksam zu machen? Um sich vor zuviel Hektik, zuviel Un-Ruhe zu schützen?

Fragen über Fragen.

Vielleicht war es ganz gut, daß die Kinder mal für einen Moment rausgegangen waren. Eine halbe Stunde Ruhe würde mir bestimmt guttun.

Nach fünf Minuten rappelte ich mich auf und stand verloren im Flur herum. Was sollte ich denn jetzt machen? Mich hinlegen? Lohnte sich ja kaum.

Warum war es denn draußen so still? Ob ich mal nachschauen sollte? Wenn Maren mit den anderen auf der Straße spielte, war ich immer von einer bohrenden Unruhe erfüllt. Würde sie auch tatsächlich an den Straßenrand gehen, wenn sich mal ein Auto in unsere Gegend verirren sollte? Auf eine knapp Zweijährige war in der Beziehung noch nicht allzuviel Verlaß. Auch wenn Annika dabei war und aufpaßte.

Nach weiteren fünf Minuten sagte ich mir: Schau mal lieber nach.

Ich schleppte mich zum Küchenfenster, schob die Gardine ein wenig beiseite und blickte hinaus.

Die drei hatten sich überhaupt noch nicht vom Haus entfernt. Sie standen – mit dem Schlitten bei Fuß – auf dem Gartenweg und ließen sich naßregnen.

»Da ist Mama!« kreischte Henning plötzlich und zeigte mit dem Finger auf mich.

»Wir wolln rein«, jammerte Annika und zog fröstelnd die Schultern hoch.

Ich schloß einen Moment lang die Augen. Vielleicht hatte ich mich auch nur verhört. Konnte ja sein.

Maren bummerte an die Haustür und fing an zu heulen.

Normalerweise hätte ich mich einen Dreck um ihr Geschrei gekümmert, aber heute gab ich sofort nach. Ich hatte nicht mehr die Kraft, mich mit ihnen zu streiten. Heute nicht, morgen wieder.

Ich ließ die kleinen Nervensägen herein, pellte sie aus ihren Klamotten heraus und schleppte mich dann wieder ins Wohnzimmer.

Meine offensichtliche Nachgiebigkeit schien eine sehr anregende Wirkung auf sie zu haben. Hemmungslos tobten sie über Tisch und Stühle, die Treppe rauf, durch die Betten und wieder zurück. Ich sah diesem Treiben tatenlos zu. Wenn jetzt etwas passierte, war ich dran, rechtlich und moralisch. So viel Verantwortung auf meinen schmalen Schultern, wie sollte ich der bloß standhalten?

Reiß dich zusammen. Laß hier nicht dein prämenstruelles Syndrom raushängen. Steh auf und tu was!

Vergebliche Appelle.

Und was war mit Hans Wilhelm? Für ihn war das Ganze ja auch kein Zuckerschlecken. Warum dachte ich niemals an die Belastungen, denen *er* ausgesetzt war? Schließlich schaffte er das Geld für uns heran; und in seiner sogenannten »Freizeit« erledigte er die Einkäufe, hielt das Haus in Schuß und kümmerte sich um die Kinder. Er war ein Supervater, ein Supermann, aber er kam niemals zum Ausruhen. Hatte ich ihm jemals Beifall für seinen Einsatz gezollt? Und was war mit *seinen* Sorgen und Problemen? Hatte er überhaupt welche? Er sprach so selten über seine Gefühle. Nur wenn er wütend war, brach es aus ihm heraus. Aber das kam nicht oft vor. Darum standen meine eigenen Probleme auch immer im Vordergrund. Ekelhaft! Wie konnte der Mann es nur mit mir aushalten?

Den Rest des Nachmittags verbrachte ich – in Embryonalstellung zusammengekauert – auf unserem Knautschsofa in der Ecke. Arme und Beine wie Blei, der Brustkorb wie eingeschnürt und im Kopf dieses Karussell, das nie aufhören wollte, sich zu drehen. Für die Kinder war ich nicht mehr ansprechbar. Henning rüttelte immer wieder versuchsweise meine Schulter, aber ich reagierte nicht darauf. Schließlich holte er seinen Arztkoffer und fing an, mich zu untersuchen. Ich ließ ihn stumm gewähren. Mir war ja alles so egal.

Wenn ich so an früher dachte: Meine Mutter lag auch oft weinend auf dem Sofa, halb gelähmt und unfähig, sich mitzuteilen. Damals dachte ich immer, daß sie mich mit ihren Tränen für irgend etwas bestrafen wollte. Da ich mir aber keiner Schuld bewußt war, fühlte ich mich natürlich zu Unrecht angegriffen und reagierte dementsprechend verständnislos und sauer. Erst heute erkannte ich, daß sich ihre Tränen nicht gegen mich, sondern ausschließlich gegen sie selber richteten.

Als Kind konnte ich noch recht gut mit meinen Stimmungen umgehen. Wenn ich wütend war, schrie ich mir die Kehle aus dem Leib. Wenn ich traurig war, heulte ich Rotz und Wasser. Ansonsten befand ich mich in einer Art Dauerhochstimmung. Diesen undefinierbaren, bleigrauen Seelenzustand, der mich in letzter Zeit so oft aufs Lager warf, kannte ich damals noch nicht.

Auf einmal hatte ich eine irrsinnige Sehnsucht nach Zuhause, so wie es früher war. Nach meinen Eltern, nach rauschenden Kastanienbäumen, grünen Weiden und Sonne im blauen Himmel. Nach etwas Undefinierbarem, von dem ich wußte, daß es nicht wiederkommen würde.

Wenn ich auf meinem Kletterbaum hockte, lag mir die ganze Welt zu Füßen. Ich konnte sie sehen und hören und fühlen und schmecken; ich konnte von ihr träumen, eine ganze, herrliche Kindheit lang.

Und heute? Ich bewegte mich in einem eng abgesteckten Rahmen, umgab mich mit lauter nutzlosen Dingen und rieb mich an völlig belanglosen Kleinigkeiten auf. So viel vertrödelte Zeit, so viel verschenktes Leben. Das gab mir keiner zurück. Ich konnte nur noch heulen, einfach so, ohne Grund.

Nachmittags um halb fünf hatte meine innere Auseinandersetzung ihren vorläufigen Höhepunkt erreicht. Langsam, ganz langsam fing die Fassade um mich herum an zu bröckeln, immer weiter, bis kein Stein mehr auf dem anderen lag ... Und plötzlich wußte ich, warum ich hier lag und mir die Augen aus dem Kopf heulte, immer allein, immer wieder meine ... unsere absolute Unfähigkeit, Beziehungen nach außen aufzubauen und zu halten ... Beziehungen, auf die wir zurückgreifen konnten, wenn die kalte Hand mal wieder nach uns griff ... daß es nicht so war, wie es sein sollte ... wie wir es gerne hätten ... es lag nicht nur an den Kindern, die uns wie ein Klotz am Bein hingen ... es war auch schon vorher so gewesen ... immer.

Daß Hans Wilhelm und ich uns gefunden hatten, grenzte an ein Wunder. Aber vom Brot allein wurde der Mensch nicht satt. Wir brauchten mehr, nicht nur einen liebenden Partner, ein Dach über dem Kopf oder ein paar flüchtige Zufallsbekanntschaften. Wir brauchten Freunde. Richtige Freunde, die uns Halt und Orientierung gaben. Aber eben die hatten wir nicht.

Als wir vor acht Jahren eine Familie gründeten, knüpften wir daran auch die Hoffnung, daß die Kinder uns irgendwie von dieser ständigen Einsamkeit kurieren würden. Die Familie als verlockend schöne Insel, auf die man sich zurückziehen konnte. Endlich in einer kleinen, intakten Gemeinschaft leben. Das war wohl damals unser Traum. (Wer hat den nicht?)

Jedes Kind die Chance, es anders – und besser – zu machen. Jedes Kind die Hoffnung auf einen Neubeginn.

Aber es kam anders. In der ersehnten Idylle ging es nicht nur harmonisch und friedlich zu. Im Gegenteil, dort fanden genau die gleichen, ewigen Kämpfe statt wie »draußen«. Jeder gegen jeden. Alle gegen einen. Einer gegen alle. Von Einheit keine Spur.

Irgend etwas lief schief; wir konnten bloß nicht herausfinden, was und weshalb. Wieder mal hatten wir das Gefühl, total zu versagen.

Kinder, eure Existenz zwingt mich, über Dinge nachzudenken, die ich lieber verdrängen würde. Noch nie habe ich den Mut aufgebracht, der Wahrheit so offen ins Gesicht zu sehen. Aber heute will ich es tun.

Um fünf Uhr nachmittags war mein Vorrat an Selbstmitleid und Tränen restlos aufgebraucht. Was hatte es eigentlich für einen Sinn, hier zu liegen und sich ein Messer nach dem anderen zwischen die Rippen zu jagen? (War ich etwa eine heimliche Masochistin?) Was nützten mir all diese Wahrheiten und Erkenntnisse denn? Würden sie irgendwelche Verhaltensänderungen meinerseits nach sich ziehen? Wohl kaum. Also Schluß mit diesem für alle Seiten peinlichen Seelenstriptease.

Der Tag war ja nun auch bald vorüber. Den Rest würden wir auch noch rumkriegen. Ächzend und stöhnend setzte ich mich auf, bewegte vorsichtig die Füße und sah mich um. Mein Blut kreiste noch in den Adern. Ich war nicht lebendig begraben oder in Einzelhaft oder sonstwas. Ich war hier, ich war für meine Kinder verantwortlich, und es war gut so. *Es hatte Sinn!*

Die drei waren offensichtlich froh, daß ihre Mami wieder unter den Lebenden weilte und kamen erleichtert anscharwenzelt. Zaghaft fing ich an, mit ihnen Kontakt aufzunehmen. Von Minute zu Minute kamen wir uns näher; schließlich saßen alle drei auf meinem Schoß.

Zum erstenmal seit langer Zeit sah ich in ihnen nicht nur irgendwelche schweren, zappelnden und nervtötenden Krachmaschinen, sondern ganz bewußt die weichen, warmen und anschmiegsamen Menschenkinder. Ich zitterte bei dem Gedanken, daß es sie nicht mehr geben könnte – oder womöglich nie gegeben hätte. Sie trugen mir mein heutiges Verhalten offensichtlich nicht nach. So viel unerschütterliches Selbstvertrauen in mich war Balsam für meine geschundene Seele. Diese Engelsgeschöpfe waren nicht schuld an meiner inneren Misere, weiß Gott nicht, auch wenn sie oft als Sündenbock herhalten mußten.

Wenn ich meine Qualitäten als Mutter selbst beurteilen sollte, an diesem Tag hätte ich mir eine glatte Sechs minus geben. Aber manchmal stand mir auch eine Eins plus mit Auszeichnung zu. Im Durchschnitt ergab das eine Drei. *Zufriedenstellend.* Nicht gerade ein umwerfendes Ergebnis, aber auch nicht abgrundtief schlecht. Ich war wohl doch eine Durchschnittsmutti, nicht besser und nicht schlechter als die anderen.

Ich atmete befreit auf; nach dieser geistig-seelischen Totalentrümpelung ging's mir wieder besser.

Um sechs Uhr durften die Kinder ihre geliebte »Sendung mit der Maus« sehen. Ich zog mich in die Küche zurück, stellte das Radio an und bereitete das Abendessen vor.

Als Hans Wilhelm um halb sieben nach Hause kam, fand er eine weichgestimmte Ehefrau und drei fröhliche Kinder vor. Nichts deutete darauf hin, wie sinnlos und destruktiv der Tag gewesen war.

Ich beschloß, ihn so schnell wie möglich aus meinem Gedächtnis zu streichen und mich wieder den schönen Dingen des Lebens zuzuwenden.

Denn im Grunde genommen war ich ja ein positiv denkender Mensch.

Oberhand

Seit ich Mutter bin, entdecke ich Seiten an mir, von denen ich vorher nichts geahnt habe. Die Kinder halten mir einen Spiegel vor und zwingen mich hineinzusehen. Das, was ich sehe, gefällt mir ganz und gar nicht. Aber ich komme nicht dagegen an.

Nach acht Jahren Mutterschaft will ich das Zusammensein mit meinen Kindern nicht mehr romantisch verklären. Schon nach ein paar Minuten verspüre ich diesen typischen Druck im Kopf, dieses Ziehen im Zwerchfell, dieses Jucken in den Fingern, alles untrügliche Anzeichen dafür, daß ich es nicht mehr lange mit ihnen würde aushalten können. Und wenn es schon mal wieder »soweit« ist, wenn wir über irgendeine Sache total verschiedener Meinung sind, wenn sie nicht so wollen wie sie sollen oder nicht so sollen wie sie wollen, also, dann lege ich ihnen erst mal die psychologischen Daumenschrauben an:

– Ich werde zickig und pampig
– ich setze sie vor die Tür oder schicke sie auf ihr Zimmer
– ich trete in den unbefristeten Streik
– ich sperre ihnen das Taschengeld
– ich erteile ihnen Fernseh-, Süßigkeiten- oder Ausgehverbot
– ich strafe sie mit Nichtbeachtung und Liebesentzug
– ich schreie, tobe und knalle mit den Türen.

Wenn das alles nicht zieht oder der Druck von vornherein zu groß ist, gehe ich zur körperlichen Gewalt über:

– Ich bespritze sie mit Wasser
– ich haue ihnen auf die Finger oder auf den Po
– ich schüttele sie hin und her
– ich ziehe ihnen die Ohren lang.

All diese Methoden haben nur ein Ziel: Ich will die Oberhand behalten, um jeden Preis! Dabei ist mir eigentlich klar, daß ich auf Dauer sowieso den kürzeren ziehen werde. Trotzdem, ein einziger Triumph würde mich schon zufriedenstellen. (Wirklich?)

Die Kinder stehen mir übrigens in nichts nach. Sie stänkern und schlagen kräftig zurück. Sie bringen ihre Wut genauso lautstark und handfest zum Ausdruck wie ich.

Zu unserer Ehrenrettung muß ich sagen: Normalerweise verlaufen unsere Schlachten recht diszipliniert und fair, so unglaubwürdig das vielleicht auch klingen mag. Gewisse Grenzen werden von beiden Parteien nicht überschritten. Außerdem enden unsere Auseinandersetzungen stets in einer großen, tränenreichen Versöhnung.

Schlimm wird's erst, wenn man die Kontrolle über sich verliert. Mir ist das ein einziges Mal passiert, vor siebeneinhalb Jahren, und ich bete zu Gott, daß es auch das letzte Mal war.

Damals war Annika noch ein Säugling und schrie sich Nacht für Nacht die Kehle heiser. Hans Wilhelm und ich standen abwechselnd auf und versuchten, sie zu beruhigen. Aber das war ein hoffnungsloses Unterfangen. Sie gebärdete sich wie toll und schien gegen all unsere Trostversuche immun zu sein. Allmählich packte uns die Verzweiflung. Gaben wir ihr denn nicht genug Liebe, Wärme und Zärtlichkeit? Hatte sie nicht alles, was sie brauchte? Es gab keine Worte, keine Gesten, die die Distanz zwischen ihr und uns verringern oder gar aufheben konnten. Wir waren von Anfang an getrennt.

Nach einem halben Jahr waren wir körperlich und nervlich total am Ende und wußten nicht mehr weiter. Ich fing an, wunderlich zu werden. Immer wenn ich Annika nachts hin und her trug, stellte ich mir vor, wie es wäre... wenn ich sie zum Fenster hinauswerfen... ihr ein Kissen aufs Gesicht drücken... oder sie im Badewasser ertränken würde. Mir gefror das Blut in den Adern, aber ich kam einfach nicht gegen diese Wahnvorstellungen an.

Und irgendwann passierte es dann. Nachdem Annika mich zum x-ten Male wachgebrüllt hatte, verlor ich die Nerven. Ich stürmte ins Kinderzimmer, packte den schweißgebadeten Säugling (Rosemaries Baby!) und schüttelte ihn durch. Der kleine Kopf flog brutal hin und her, aber das war mir egal. Ich schrie und tobte... Ich wußte nicht mehr, was ich tat. Dann schmiß ich das wimmernde Paket mit voller Wucht ins Kinderbett zurück... nahm die Decke und drückte zu... drückte zu... riß sie wieder weg... packte den Säugling... schüttelte ihn durch... schrie wie am Spieß...!

Plötzlich stand Hans Wilhelm neben mir, brüllte mich an und riß mir das Baby aus dem Arm. Ich schlug die Hände vors Gesicht und wollte sterben. Nichts mehr hören, nichts mehr sehen, einfach weg sein.

Irgendwohin gehen, wo mich keiner kennt, wo ich mich verkriechen, vergraben, vergessen kann.

Ich hatte das Recht verwirkt, ein Mitglied dieser Familie, ein Mitglied dieser Gesellschaft zu sein.

Versagt! Ich hatte von Anfang an versagt. Als Mensch, als Frau, als Mutter. Mit welcher Naivität – ja, mit welcher Überheblichkeit war ich doch in die Mutterschaft gegangen. Ich wollte es besser machen als die anderen, wollte eine ganz besondere, von Liebe, Wärme und Verständnis geprägte Beziehung zu meiner Tochter aufbauen, über alle Unterschiede, Hindernisse und Schwierigkeiten hinweg. Aber Träume waren Schäume. Wie schnell, wie grausam hatte die Realität mich eingeholt. Und nun war das, was ich nie für möglich gehalten hatte, eingetreten...

»Ulla«, sagte Hans Wilhelm, schon eine Spur sanfter. Nein, es gab keine Worte, die das Geschehene ungeschehen machen konnten. Keine Begnadigung für eine, die drauf und dran gewesen war, ihr Kind umzubringen!

Es dauerte eine Ewigkeit, bis ich bereit war, meine Hände vom Gesicht zu nehmen und den anderen wieder in die Augen zu schauen...

Ich glaube, daß dieses traumatische Ereignis mich verändert hat. Mein Verständnis für alle prügelnden Mütter und Väter auf dieser Welt wächst, ob ich will oder nicht.

Schließlich habe ich selbst erlebt, wie es dazu kommen kann. Ohnmächtige Wut, emotionale und körperliche Erschöpfung, die totale Unfähigkeit, sich mitzuteilen, zusammen ergibt das eine explosive Mischung, die früher oder später hochgehen muß.

Sieben Wochen ohne...

Einen Grund zum Picheln hat es für mich eigentlich immer gegeben. Geburtstage, Hochzeitstage, Feiertage, Werktage, Wochenenden, Urlaub – alles wird von mir kräftig begossen. Für jede Gelegenheit halte ich ein anderes Wässerchen parat.

Mit dem Gongschlag um acht Uhr abends steht bei uns die Pulle auf dem Tisch. Während die Tagesschau Schrekkensmeldungen aller Art verbreitet, lege ich genüßlich die Füße hoch und schenke mir das erste Mal ein...

Ende Januar wurde mir plötzlich bewußt, daß aus den ursprünglich ein bis zwei Gläsern Wein pro Abend klammheimlich drei oder vier geworden waren. Mir wurde ein bißchen mulmig. Sollte ich mich etwa zur Trinkerin gemausert haben? Verstört wandte ich mich an meine Nachbarin Margret. Auf meine Frage hin, ob... und wenn ja, wieviel... lachte sie mich nur herzlich aus.

»Du hast vielleicht Probleme«, wunderte sie sich. »Das macht doch jeder. Was ist denn schon dabei?«

Helga zeigte schon mehr Verständnis für meine Nöte.

»Geht dir das also auch so?« stöhnte sie, halb verzweifelt, halb erleichtert. »Jeden Abend, *jeden Abend* sagt man sich: Nun aber Schluß. Steh auf und mach was Sinnvolles. Aber nein, man kann es doch nicht lassen.«

In den folgenden Tagen hörte ich mich weiter um und mußte folgendes feststellen: Neun von zehn Frauen »versüßten« sich den Abend regelmäßig mit Alkohol. Nebenbei konsumierten sie eine Tafel Schokolade nach der anderen. Alle hielten sich tagsüber mit starkem Bohnenkaffee auf den Beinen. Gab es ein Hausfrauensyndrom, und wenn ja, äußerte es sich so?

Wenn die anderen auch alle auf Teufel komm raus soffen, weshalb sollte ausgerechnet *ich* mir dann einen

Zwang antun? Derart »beruhigt« gab ich mich weiter meinen exzessiven Trinkgelagen hin. Erst als ich den Namenstag meiner Cousine zweiten Grades zum Vorwand nahm, eine ganze Flasche Wein auf ihr Wohl zu leeren, wußte ich: Das Maß war voll! Eine Entziehungskur tat not.

Zufall oder nicht. Am nächsten Tag las ich in der Zeitung von der Fastenaktion »Sieben Wochen ohne...«, zu der die evangelische Kirche jedes Jahr in der Passionszeit aufrief. Sieben Wochen lang sollte man auf alles verzichten, von dem man sich zwanghaft abhängig fühlte. Jeder sollte seine Abhängigkeiten selbst bestimmen.

»Das ist ja bei dir nicht schwer«, scherzte Hans Wilhelm, verkniff sich aber sofort das Grinsen, als er meinen weinerlichen Rehblick sah.

»Nun komm schon«, tröstete er mich schnell. »Hol dir mal einen Zettel und schreib dir deine Abhängigkeiten von der Seele.«

Gesagt, getan! Eigentlich hätte ich es gar nicht schriftlich zu tun brauchen; ich wußte auch so um meine Laster:
- abendliche Trunksucht,
- pfundweise Süßigkeiten,
- unbändige Streitlust.

Es gab da noch ein paar zwanghafte Abhängigkeiten, von denen ich aber nicht zu lassen gedachte, zum Beispiel:
- Sex am Sonntagmorgen,
- die »Schwarzwaldklinik«,
- Trivialromane.

Nachdem die Liste fertiggestellt war, ging ich sie mit Hans Wilhelm kritisch durch. Worauf konnte man – realistisch gesehen – gut verzichten? Erfüllt von plötzlichem Optimismus, beschloß ich, nicht nur dem Alkohol, sondern auch den Süßigkeiten zu entsagen. Mindestens sieben Wochen lang, bis zum Osterfest. Dann würde man weitersehen. Aus Solidarität wollte Hans Wilhelm »mitfasten«.

Den ersten Abend überstand ich ganz gut. Wir spielten drei Stunden lang Monopoly und gingen dann zu Bett.

Am zweiten Abend mußte ich etliche Kinderhosen flikken und stach mir dabei in den Finger. Der Schmerz wollte überhaupt nicht nachlassen. Um halb elf hatte ich die Nase voll und ging schlafen.

Am dritten Abend rief ich meine Freundin Gosia in Pinneberg an. Mir ging's nicht so besonders; darum fiel ich schon um Viertel vor zehn wie ein Stein ins Bett.

Am vierten Abend sollte es eigentlich einen Western mit Gary Cooper geben, aber den ließen sie ausfallen und übertrugen statt dessen ein Fußballänderspiel. Ich war stocksauer, aber Hans Wilhelm jubelte!

Seine Begeisterung für Ballspiele aller Art – insbesondere für Fußball – ging mir auf die Nerven. Es wollte mir nicht in den Kopf, daß ein intelligenter Mann wie er stundenlang vor dem Fernseher hocken und diesen Idioten da beim Spielen zuschauen konnte. Aber damit noch nicht genug: Auch bei den anschließenden Interviews war er ganz Ohr. Als wenn diese Holzköpfe jemals etwas Nennenswertes zu sagen hatten. Ich war zwar selber bildungsmäßig ein bißchen unterbelichtet, aber wenn einer von diesen überbezahlten Fußballprofis den Mund aufmachte, dann konnte ich nur noch einen heimlichen Stoßseufzer zum Himmel schicken. So was von beschränkt, das gab's doch gar nicht!

Normalerweise brachte ich eine wahre Engelsgeduld für Hans Wilhelms sogenannte »Hobbys« auf, aber heute platzte mir doch tatsächlich der Kragen. Ich sagte ihm gründlich meine Meinung und ging um halb zehn ins Bett.

Am fünften Abend packte mich der Heißhunger. Da Süßigkeiten ja verboten waren, ich meinen Kauwerkzeugen aber auch etwas zu tun geben wollte, knabberte ich mich durch ein halbes Dutzend Karotten. Meine Backenzähne (ein paar prächtige Ruinen!) waren diesem Ansturm nicht gewachsen und fingen an zu randalieren. Es blieb mir nichts anderes übrig: Ich mußte wieder auf die gewohnte Weichkost umsteigen; diesmal in Form von Bananen und Kiwis.

Am sechsten Abend trank ich meinen Apfelsaft ganz stilvoll aus einem Weinglas und ging um neun Uhr ins Bett. Zuerst konnte ich nicht einschlafen und wälzte mich von einer Seite auf die andere. Daran war nur diese verdammte Fastenaktion schuld.

Am siebten Abend gerieten Hans Wilhelm und ich uns in die Haare. Er behauptete, ich würde wie ein hungriger Wolf durch die Wohnung tigern, und ob ich ihm bitte mit meiner schlechten Laune aus dem Weg gehen könnte. Frechheit!

Am achten Abend war ich nahe dran, aufzugeben, aber Hans Wilhelm meinte, ich sollte mir lieber etwas zu tun suchen. Dann würde ich nicht auf so dumme Gedanken kommen.

»Schreib doch einfach mal was«, schlug er vor. »Seit zwölf Jahren träumst du davon, ein paar Kurzgeschichten zu schreiben. Aber bis jetzt hast du noch nicht ein einziges Wort zu Papier gebracht. Dies ist doch die beste Gelegenheit, endlich damit anzufangen.«

Es kommt nicht so oft vor, daß ein männliches Wesen mir die Schamröte ins Gesicht treibt, aber mein eigener Mann hatte es in dem Moment geschafft. Verlegen und schroff wies ich seinen Vorschlag zurück.

Aber nachdem er mir diese Idee eingepflanzt hatte, gärte es in mir. Drei Tage lang befand ich mich in heller Aufregung. Drei Tage lang ging ich mit vagen Plänen schwanger. Dann fiel die Entscheidung: Ich mach's!

Nach einem Thema brauchte ich nicht lange zu suchen. Na klar, ich würde ein Buch über die Mutterschaft schreiben, so wie sie wirklich war. Abseits von jeder Gefühlsduselei. Ohne verklärende Romantik. Ganz offen und ehrlich. Nichts und niemand sollte mich davon abhalten.

Abend für Abend saß ich an unserem Eßtisch im Wohnzimmer und schrieb mir die Finger wund; vor mir einen dicken Stapel Endlospapier aus den Beständen von Hans-Wilhelms Arbeitgeber. Immer wenn ich eine dieser Fahnen vollgekritzelt hatte, versah ich sie mit der laufenden Seitenzahl und schmiß sie im hohen Bogen hinter mich.

Jeden Abend saß ich bis zu den Knöcheln in einem raschelnden, weißen Papierchaos.

Nach ein paar Tagen schien meine schriftstellerische Laufbahn allerdings ein vorzeitiges Ende gefunden zu haben. Ich bekam eine Sehnenscheidenentzündung im rechten Handgelenk. Der Arzt verbot mir alle weiteren Schreibübungen und überließ mich meinem Schicksal. Da saß ich nun und konnte es nicht fassen.

Was für Alternativen hatte ich denn noch? Die gute, alte Schreibmaschine? Bei meiner Art zu schreiben? Unmöglich! Für jeden Satz, den ich zu Papier brachte, strich ich zwei andere durch.

Hans Wilhelm gab mir den Tip, es doch mal mit dem Textverarbeitungssystem unseres Computers zu versuchen. Er gab mir auch gleich einen kleinen Einführungskurs. Zuerst war ich sehr skeptisch und dachte: Das lernst du nie! Aber was blieb mir anderes übrig?

Zuerst konnte ich mich nur im hilflosen Zweifingersuchsystem mitteilen. Und nach jedem dritten Wort mußte ich laut um Hilfe schreien.

Aber dann war kein Halten mehr. Voller Inbrunst hackte ich mir meinen Frust von der Seele! Vergessen waren die Entzugserscheinungen, die mir vorher so zu schaffen gemacht hatten. So gut hatte ich mich schon lange nicht mehr gefühlt. Tja, und dann waren die sieben Wochen auf einmal um. Etwas ratlos fragten wir uns: Können wir nun wieder trinken oder nicht? Was sagt uns unser Gewissen?

Unser Gewissen sagte gar nichts.

Also tranken wir wieder. Aber nur ein einziges Gläschen. (Oder höchstens zwei!) Und so ist es geblieben.

Unser Hausarzt ist hellauf begeistert. Er sagt, Alkohol erweitert die Gefäße und garantiert ein längeres Leben; und wir sollten diese Gewohnheit ruhig beibehalten.

Na bitte!

Heilige Ordnung

Es gibt sie tatsächlich: Wohnungen, die trotz vorhandener Kinderschar so sauber und geleckt aussehen wie die von Normfamilie Müller-Meier-Schmidt im Werbefernsehen. Beneidenswert!

Ironie hin, Ironie her. Ich wäre – ehrlich gesagt – froh, wenn es nur ein einziges Mal so bei uns aussehen würde. Es ist nämlich weiß Gott kein Vergnügen, in unserem Haushalt zu leben. Er befindet sich seit etlichen Jahren in einem leicht angeschmuddelten bis total verwahrlosten Zustand.

Am letzten Freitag telefonierte ich mit meinen Eltern. Sie wollten am Wochenende zu Besuch kommen. Eine günstige Gelegenheit, endlich mal wieder gründlich auszumisten. Zunächst wanderte ich durch die Zimmer und machte eine Bestandsaufnahme.

Das Schlafzimmer sah bis auf die ungemachten Betten und die hochgestapelte Bügelwäsche ganz akzeptabel aus. Dieser Raum war mein Heiligtum, meine Oase der Ruhe. Kein Kind durfte es wagen, hier sein Spielzeug auszubreiten. (Natürlich taten sie es trotzdem.) Beim Hinausgehen warf ich einen sehnsüchtigen Blick auf mein Bett – aber nein, das mußte noch warten.

Beim Anblick des großen Kinderzimmers packte mich die Wut. Der Fußboden war mit einer Patina aus Stofftieren, Puppenkleidern, Legosteinen, zerrissenen Bilderbüchern, schmutzigen Söckchen, angebissenen Äpfeln, klebrigen Bonbons und gebrauchten Windeln überzogen.

Diese Vandalen! Denen würde ich es zeigen. Jawohl!

Ich stürmte die Treppe hinunter, riß den Staubsauger aus seinem Verschlag und hetzte wieder nach oben. Henning und Maren ahnten nichts Gutes und verkrochen sich schleunigst im leergeräumten Kleiderschrank.

»Rauskommen!« befahl ich und hielt den Staubsauger wie ein Maschinengewehr im Arm. Die beiden lugten vorsichtig durch den Türspalt; erst dann trauten sie sich heraus. Schuldbewußt bauten sie sich vor mir auf.

»Was ist das hier?« fragte ich, jede Silbe betonend, und zeigte auf den Fußboden.

»Maren war das!« rief Henning sofort.

»Nee, Henning! Henning war dat!« protestierte Maren.

»Nein, Maren. Das hab ich ganz genau gesehen.«

»Nee, du!«

»Nein, du!«

»Nee, du!«

Ruckzuck waren die beiden in eine handfeste Keilerei verwickelt.

»Nun aber Schluß!« schrie ich und trennte die kleinen Streithähne.

»In fünf Minuten ist der ganze Kram vom Fußboden verschwunden. Ich schau auf die Uhr.«

Trotzig maulend hockten die beiden auf ihren Spielzeugbergen und rührten sich nicht.

»Ich warte«, sagte ich drohend. Noch immer nichts.

Nach fünf Minuten stellte ich den Staubsauger an und begann mit der Arbeit. Zunächst waren die Legosteine dran; laut klappernd verschwanden sie im Rohr. Dann die Papierschnipsel. Zisch, weg waren sie. Hennings und Marens Erstarrung löste sich langsam. Mit wachsendem Unglauben betrachteten sie mein Werk. Schließlich kam er, der Schrei: »Unsere Legos!« Ungerührt saugte ich weiter: Bonbonpapier, Apfelkerne, Puzzleteile, Kindersöckchen.

Mit ausgebreiteten Armen warf Henning sich vor den Staubsauger und schrie: »Aufhören!«

Ich stellte das Gerät aus.

»Seht ihr«, sagte ich effektvoll in die Stille hinein. »Das passiert, wenn ihr nicht aufräumt. Ich sauge einfach alles weg.«

»Wir räumen ja auf«, schluchzte Henning und fing an, das Spielzeug ins Regal zu stopfen. Maren rannte kopflos im Zimmer hin und her.

Ich stützte mich seelenruhig auf den Staubsauger und sah ihnen zu.

»So ist's gut«, seufzte ich zufrieden.

Wenn mir jemand vor zehn Jahren prophezeit hätte, daß ich später *so* mit meinen Kindern umspringen würde, ich hätte ihn für verrückt erklärt. Damals zählten Toleranz und Diplomatie noch zu meinen besonderen Stärken. Heute – im achten Jahr meiner Mutterschaft – war davon nicht mehr allzuviel übriggeblieben. Jetzt machte ich nur noch kurzen Prozeß. Ich ließ die Kinder schuften und griff nur ein, als Maren einen klebrigen Bonbon in die Legokiste schmeißen wollte. Nachdem ich die Betten gemacht hatte, sah ich mich um. Die Regale quollen über, aber der Fußboden sah wie geleckt aus. Doch halt! Unter dem Etagenbett balgten sich noch ein halbes Dutzend Staubmäuse. Denen mußte ich erst mal mit dem Staubsauger zu Leibe rücken.

In Annikas Zimmer sah es aus wie immer, fürchterlich! Dabei war die äußere Unordnung noch nicht einmal das Schlimmste. Richtig dicke kam's erst bei den Schubladen. Annika *liebte* ihre Schubladen. Dort wanderte alles hinein, was ihr gut und nützlich erschien: ein vertüddeltes Gummiband mit Haarbüscheln dran, eine angebissene Schokolade, ein alter Lippenstift, eine zerrissene Perlenkette, etliche Kieselsteine und Muscheln, schmutzige Socken, Wollreste, eine tote Spinne. Ich akzeptierte diese Schubladen als einen Teil ihrer Privatsphäre. Dennoch sah ich mich ab und zu genötigt, einen Blick hineinzuwerfen und leicht verderbliche oder stinkende Dinge auszumisten.

Entnervt machte ich mich an die Arbeit. Bett machen, Stofftiere und Puppen dekorativ darauf plazieren, am Kopfende ein Kissen mit Kniff. Die umgekippten Bücher im Regal wieder hinstellen, Spielzeug in die Kisten tun, schmutzige Wäsche aussortieren, staubsaugen, Fenster schließen.

Henning und Maren hatten inzwischen einen Großteil ihres Spielzeugs schon wieder aus dem Regal gerissen. Fröhlich hopsten sie auf den frisch gemachten Betten.

Ich blieb wie angewurzelt stehen und betrachtete die wilden, kleinen Chaoten. Irgend etwas in mir fing an zu rebellieren. Laß dir das nicht gefallen. Du mußt hart durchgreifen. Jeder normale Mensch wird dich für beknackt halten, wenn du dir *das* noch länger bieten läßt.

Aber letztendlich gab ich doch nach. Für heute hatte ich mein Pulver schon verschossen. Ich war es leid.

Gut, daß Hans Wilhelm im Moment nicht da war. Ich konnte mir lebhaft vorstellen, wie er über meine Nachgiebigkeit lästern würde.

Es kam nicht oft vor, daß wir uns über Erziehungsfragen stritten; im großen und ganzen waren wir uns einig. Nur wenn es um die berühmt-berüchtigte Inkonsequenz ging, gerieten wir uns regelmäßig in die Haare.

Immer wieder ließen wir uns dazu hinreißen, wilde Drohungen gegen die Kinder auszustoßen, aber wenn es dann soweit war, setzten wir sie doch nicht in die Tat um. Dabei brachten wir für die eigene Wankelmütigkeit wesentlich mehr Verständnis auf als für die des Partners. Von dem verlangten wir eisenhartes Durchgreifen und Nerven wie Drahtseile.

»Die machen mit dir, was sie wollen«, konstatierte Hans Wilhelm, wenn die Gören mal wieder über meinen frisch gebohnerten PVC-Fußboden latschten und ich meine Drohung – ihnen das Fell über die Ohren zu ziehen – nicht wahrmachte.

»Die tanzen dir doch auf der Nase herum«, sagte ich kopfschüttelnd, wenn er den Kindern Gummibärchen in den Mund stopfte, statt sie – wie angekündigt – zum Teufel zu jagen.

Inkonsequenz überall, in jedem Bereich unseres Lebens. Theorie und Praxis klafften mal wieder meilenweit auseinander. Ach ja!

Ich riß mich energisch zusammen und begab mich ins Badezimmer. Dort scheuerte ich mit Hennings und Marens freundlicher Hilfe das Waschbecken und die Toilette blank, feudelte die entstandenen Pfützen auf und verließ mit einem Berg schmutziger Wäsche unterm Arm den Ort des Geschehens. Als kleine Prozession bewegten wir uns die Treppe hinunter. Diese Treppe! Wie eine Demarkationslinie zerschnitt sie unsere Wohnung in zwei Teile. Es war so unendlich schwer, sie zu überwinden. Hatte ich doch stets ein Kleinkind an der Hand oder irgendwelche Lasten im Arm. Hinterher war ich jedesmal ganz geschafft.

Unser Wohnzimmer trug seinen Namen eigentlich zu Unrecht. Es war äußerst kurios möbliert. In der einen Ecke stand ein ramponiertes Knautschsofa, in der anderen ein Computer mit allem Drum und Dran. Die Eßecke war mit Hilfe von Decken und Kissen zur Räuberhöhle umgestaltet worden. Ansonsten gab es nur noch ein hoffnungslos überlastetes Regal und wucherndes Grünzeug in Hülle und Fülle. (Hans Wilhelm und ich hatten die Ablegersucht. Im Laufe der letzten zwölf Jahre hatten wir uns eine stattliche Anzahl von Pflanzen und Pflänzchen zusammengeklaut. Unser diebischer Eifer machte vor nichts und niemandem halt. Wir pflückten und rupften in öffentlichen Parks und Gebäuden, in Gärtnereien und Wartezimmern, in fremden Topfblumen und Nachbars Garten. Jetzt lebten wir in einer grünen Hölle.)

Normalerweise waren wir mit unserem Multifunktionsraum ganz zufrieden. Nur wenn Besuch kam, wurde es schwierig. Irgendwo mußte der ja schließlich sitzen. Unser Sofa bot nur Platz für drei Leute; die anderen mußten notgedrungen mit dem Fußboden vorlieb nehmen. Mein Traum war ja immer, noch eine tritt-, hieb- und stichfeste Ledergarnitur in Anthrazit oder Marine. Aber im Möbelgeschäft gingen uns beim Anblick der Preisschilder jedesmal die Augen über. Auch das mit dem Elch konnte uns da noch nicht weiterhelfen.

Ich holte die Kehrschaufel und fing an, das Spielzeug aufzuschippen. Nachdem ich mir einen Weg zum Eßtisch gebahnt hatte, demontierte ich mit ein paar gezielten Handgriffen die Räuberhöhle. Henning und Maren fingen an zu heulen. Die schöne Höhle! Seufzend nahm ich die beiden auf den Schoß und versprach ihnen für den nächsten Montag eine neue Behausung. Trotzdem dauerte es noch eine Weile, bis sie sich beruhigt hatten. In diesem Punkt konnte ich sie sogar verstehen. Ich war früher auch immer verzweifelt, wenn ich vor den Mahlzeiten meine Zelte abbrechen mußte.

Ich schuftete so lange, bis unser Wohnzimmer in einem halbwegs besuchswürdigen Zustand war. Dann trieb ich die Kinder nach draußen, schloß die Tür ab und versteckte den Schlüssel im Schirmständer.

In der Küche stapelte sich das Geschirr bis zur Decke. Ein kunterbunter Haufen. Keine zwei Teller und Tassen waren gleich. Außerdem klebte der Fußboden. Dabei hatte ich ihn erst vor einer Woche gefeudelt. Frustriert sah ich mich um. Diese bundesdeutschen Einbauküchen! Alles bestens geplant und nach optimalen Gesichtspunkten zusammengestellt. Möbel und Elektrogeräte so angeordnet, daß die Wege, die man zurücklegen mußte, möglichst kurz waren. Aber wie sah die Praxis aus! Da kamen die Kinder und schütteten den Inhalt ihrer Spielzeugkiste mitten in der Küche aus. Und man selber lief ständig um diesen Schutthaufen herum. Was das für Wege gab . . .

Ich brauchte erst mal einen Kaffee. Ich kochte gleich eine ganze Kanne, schenkte mir einen Becher voll ein und füllte den Rest in die Thermosflasche um. Das war mein Lebenselixier für die nächsten Stunden. Dann legte ich genüßlich die Beine hoch. Henning und Maren witterten sofort ihre Chance und schleppten ein halbes Dutzend Bilderbücher an.

»Nein, Freunde«, wehrte ich stöhnend ab. »*Jetzt* nicht. Laßt mich erst mal eine Weile ausruhen.«

»Aber *dann*, ja?« fragten sie listig. Ich gab mich sofort geschlagen. Sie würden ja doch keine Ruhe geben.

»In fünf Minuten«, versprach ich entnervt und schlürfte meinen Kaffee. Sie standen »bei Fuß« und schauten mir bei jedem Schluck zu.

Nachdem ich ihnen die *Raupe Nimmersatt* und den *Maulwurf Grabowsky* dreimal vorgelesen hatte, schob ich sie energisch vom Schoß.

Obwohl ich schon Pudding in den Beinen hatte, machte ich mich wieder an die Arbeit. Geschirr abwaschen, aufräumen, ausfegen, feudeln.

Bück dich! Streck dich! Bück dich! Streck dich! (Hilfe, ich ertrinke in meinen Haushaltspflichten, aber keiner merkt es.) Gerade wollte ich uns eine Dose Ravioli zum Mittag aufwärmen, da hörte ich aus dem Wohnzimmer wüstes Gebrüll. Die Kleinen hatten sich mittlerweile den Schlüssel aus dem Schirmständer gefischt und erst die Tür von außen auf- und dann von innen wieder zugeschlossen. Nun saßen sie in der Falle und gerieten in Panik.

Ich versuchte mit Henning zu verhandeln. Aber es dauerte eine ganze Weile, bis er sich so weit beruhigt hatte, daß ich ihm die nötigen Anweisungen zu ihrer Rettung erteilen konnte. Kaum war die Tür auf, flogen mir meine beiden hysterisch schluchzenden Kinder in die Arme.

Wenig später kam Annika aus der Schule nach Hause. Mit einem Ohr lauschte ich ihren aufregenden Geschichten, mit dem anderen Marens fortwährendem Geplärre. Dabei öffnete ich die bewußte Dose Ravioli und schnitt mir in den Finger. Laut fluchend hopste ich in der Küche herum.

Nachdem wir gegessen hatten, brachte ich Maren zu Bett und machte erst mal drei Kreuze. Aber an eine Mittagspause war natürlich nicht zu denken. Ich fütterte die Waschmaschine mit weißer 60°-Wäsche und nahm mir dann im Schlafzimmer die Bügelwäsche vor. Nach dem Bügeln mußte ich nur noch 38 Unterhosen und 76 einzelne Socken und Söckchen auseinandersortieren; dann war ich fertig. Beim Anblick der fertig gelegten Kindersöckchen packte mich mal wieder die Wut. Immer blieben ein paar Einzelstücke übrig. Hier, die blaue Socke, wo war das Gegenstück? Und die gelbe, wo gehörte die hin?

Nicht genug, daß ich mich ständig mit dieser Scheiß-Wäsche herumplagen mußte; es gab auch noch ein paar andere Dinge in unserem Haushalt, die mich halb zu Tode nervten, zum Beispiel unsere Topfblumen, 76 an der Zahl. Dreimal in der Woche mußten sie begossen und entlaust werden, sonst welkte das Zeug innerhalb kürzester Zeit vor sich hin.

Ein anderes Beispiel, unsere Fingernägel. Jedes Wochenende gab es in unserer Familie einhundert Finger- und Fußnägel zu schneiden. Man stelle sich das mal vor.

Mein Gott, das alles kostete Zeit und Kraft und Nerven. Dieser Kleinkram würde mich noch mal ins Grab bringen.

Nach anderthalb Stunden weckte ich Maren auf und ging mit ihr nach unten.

Im Wohnzimmer sah es schon wieder chaotisch aus.

Nein, Kinder, nein! Nicht schon wieder. Eigentlich müßte ich euch jetzt mal gründlich die Leviten lesen, aber ich bring das heut' nicht mehr. Ich fühl mich wie ein abgestochener Luftballon: schlaff und schlapp. Lieber räum ich alles selber auf, nachher, wenn ihr artig in euren Betten liegt und – hoffentlich! – schlaft.

Annika hatte mittlerweile ihre Schularbeiten gemacht; auf dem Eßtisch lag ihr aufgeschlagenes Deutschbuch: »Ich habe fil gelt. Ich habe eine schbadose«. Ich warf einen müden Blick auf das dilettantische Geschreibsel, verzichtete jedoch auf eine Berichtigung der Fehler. Ja, war ich denn hier der Korrekturbimbo vom Dienst? Wozu gab es denn die Lehrerin? Sollte *die* doch was tun für ihr Geld.

Henning setzte dem Tag noch die Krone auf und stieß beim Kaffeetrinken seinen Kakao um. Die klebrige Brühe ergoß sich erbarmungslos über meinen frisch gebohnerten Küchenfußboden. Als Hans Wilhelm um 16.32 Uhr nach Hause kam, fiel ich ihm wortlos in die Arme. Ich hatte über zehn Stunden lang hart gearbeitet, und es war nichts, absolut nichts dabei herausgekommen. (Diese vergebliche Putzerei war doch ein echter Angriff auf meine Menschenwürde.)

So viel Kampf, so viel Krampf, nur um ein gewisses Maß an Ordnung im Haus wiederherzustellen oder zu bewahren; und letztendlich war sowieso alles vergeblich. Sinnlos und absurd! Überhaupt: Ordnung! Was war das für ein Ding? Ich persönlich konnte auch zwischen einem Haufen dreckiger Wäsche, einem Stapel schmutzigen Geschirrs und einer Tonne verschütteten Spielzeugs ein halbwegs geordnetes Leben führen. Erst wenn wir Besuch erwarteten, fing ein kleines Teufelchen in mir an zu randalieren: Räum auf! Pack das weg! Mach sauber! Schaff Ordnung! Und ich fing natürlich sofort an zu putzen, blöd wie ich war...

In den Semesterferien hab ich mal in einer Fabrik gearbeitet, die Kunststoffflaschen herstellt. Sechs Wochen lang mußte ich kleine, rote Plastikfläschchen (die später mit Hundezahnpasta gefüllt werden sollten) auf ein Förderband stellen, abflammen und anschließend in Kartons verpacken.

Sechzig Stück in der Minute.

Achtundzwanzigtausendachthundert am Tag.

Hundertvierundvierzigtausend in der Woche.

Ich dachte immer, diese Arbeit wäre der Gipfel des Stumpfsinns, aber ich habe mich geirrt: Hausarbeit ist schlimmer. Man schaufelt und schaufelt, aber der Berg wird niemals kleiner.

Hans Wilhelm spürte wohl, wie frustriert ich war. Er hielt mich ganz fest im Arm und fragte mitfühlend: »Na, war's schlimm heute?«

Ich nickte schwach.

Tja, am Abend hatte ich dann noch die äußerst appetitliche Aufgabe, den Staubsaugerbeutel aufzureißen und die Legos und Söckchen wieder herauszufischen.

Als meine Eltern am nächsten Vormittag das Haus betraten, bot sich ihnen das altbekannte Bild: ein buntes Durcheinander von Spielzeug, Klamotten und Dreck.

Vor einiger Zeit fragte mich eine Bekannte mal verständnislos, warum ich mir denn keine Putzfrau »halte«. Diese Formulierung gefiel mir ganz und gar nicht. Ich gab ihr gleich drei Antworten:

1. Eine Putzfrau kostet Geld; und ich bin von Natur aus geizig.

2. Ich finde es einfach unfair, einem anderen diese widerliche Drecksarbeit aufzuhalsen.
3. Bevor ich eine fremde Frau auf *meinen* verlotterten Haushalt loslassen kann, muß ich erst mal drei Tage selber den Putzlappen schwingen. Sonst würde ich vor Scham vergehen.

Alles klar?

Es gibt drei Wörter, die mich an den Rand des Wahnsinns treiben können. Sie lauten: Wieso? Weshalb? Warum? Meine Kinder wollen sich einfach nicht damit abfinden, daß die Dinge nun mal so sind, wie sie sind. Alles und jedes wird von ihnen hinterfragt. Ihr Forscherdrang, ihr Bemühen, den Dingen auf den Grund zu gehen, ist nicht zu bremsen. Sie geben niemals auf! Niemals! Und ich bin für den Rest meiner Tage dazu verdonnert, ihren Wissensdurst zu stillen.

Einige Fragen lassen sich ja noch relativ leicht beantworten. Zum Beispiel:

- Warum prickelt Brause?
- Wie kommen die Streifen in die Zahnpasta?
- Warum hat Papa so viele Haare auf der Brust?
- Wieso schmeckt Spinat so scheußlich?
- Warum ist der Himmel blau?
- Warum kratzen Opas Bartstoppeln?

Dann gibt es Fragen, bei denen man schon intensiver nachdenken und ausführlicher erklären muß. Zum Beispiel:

- Wie kommen die Bilder ins Fernsehen?
- Warum fliegt ein Flugzeug?
- Wie kommen die Löcher in den Käse?
- Was ist ein Soldat?
- Wie kommen die Sterne in den Himmel?
- Was ist ein Minister?
- Wie kommen die Fische ins Meer?
- Wo wohnt der liebe Gott?

Und zu guter Letzt gibt es Fragen, die einen schlichtweg aus der Fassung bringen. Zum Beispiel:

- Warum hast du so häßliche Pickel im Gesicht?
- In welcher Fabrik werden Eier gemacht?

Neulich fragte Henning mich, was eine »Wahl« ist. Ich räusperte mich umständlich, leckte an meinen Lippen, räusperte mich, leckte an den Lippen und fing an: »Also, eine Wahl ist... na ja, also... da gehen alle Leute in ein Wahllokal und machen ein Kreuzchen auf einen Zettel.« Er sah mich stumm an.

»Also, noch mal«, sagte ich leicht irritiert. »Alle Leute aus einem Bund, einem Land, einem Kreis oder auch aus einer Gemeinde, die gehen in ein Wahllokal. Das ist ein Raum mit zwei oder drei kleinen Kabinen drin... so ähnlich wie die Umkleidekabinen im Kaufhaus, weißt du? Na ja, und da gehen die Leute rein und machen ein Kreuzchen auf ein Stück Papier... und das ist streng geheim. Also, das darf wirklich niemand sehen. Und mit diesem Kreuzchen dürfen sie bestimmen, wer in den nächsten Jahren ihr Land oder ihren Kreis oder auch ihre Gemeinde regieren darf.«

»Was ist regieren?« fragte Henning.

»Regieren? O Gott, Junge, du fragst mich Sachen! Also, regieren... Derjenige, der regiert, der darf bestimmen, wie schnell die Autos auf den Straßen fahren dürfen... oder wieviel Steuern die Leute bezahlen müssen...«

»Was ist Steuern?« krähte Henning mit wachsender Begeisterung.

»Was *sind* Steuern?« korrigierte ich mit einem leichten Anflug von Ungeduld. »Also, Steuern sind... Wozu willst du das denn überhaupt wissen? Also, Steuern... das ist ein Teil von dem Geld, das die Leute verdienen. Das müssen sie der Regierung geben. Und die Regierung baut davon Straßen und Schulen und Krankenhäuser... und leider Gottes auch Atomkraftwerke.« Ich drehte die Augen zum Himmel.

Henning betrachtete mich höchst interessiert. Ihm brannten offensichtlich noch mehr Fragen auf den Lippen; aber bevor er sie stellen konnte, klopfte ich ihm freundschaftlich auf die Schulter und sagte: »Also, was die Wahl angeht, alles klar, Kumpel!?«

Willetubattsegeberch

Wenn ich etwas uneingeschränkt bewundere, dann die Leidenschaft und die Ausdauer, mit der sich meine Kinder in ein neues Rollenspiel stürzen. Die Fähigkeit, sich ungeniert und auf Teufel komm raus vor anderen zu produzieren, ist uns Erwachsenen ja mit der Zeit abhanden gekommen.

Meine Kinder haben da noch keine Hemmungen!

Vor einigen Wochen machten wir uns auf den Weg, um die Karl-May-Festspiele in Bad Segeberg zu besuchen. Wir wohnten zwar schon zweieinhalb Jahre in der Gegend, hatten es aber bisher noch nicht geschafft, unser ehemaliges Idol Pierre Brice persönlich in Augenschein zu nehmen.

Die Fahrt dauerte zwanzig Minuten und war äußerst anstrengend. Die Kleinen wollten einfach nicht kapieren, daß man in einem Kindersitz keinen Kriegstanz vollführen kann. Nach einer Weile gaben sie das Gehibbel auf und machten ihrem Übermut mit lautem Indianergeheul Luft.

Der Eingang des Freilichttheaters war von allerlei Blockhütten, Saloons und Indianerzelten aus Pappmaché umlagert. Hier befand sich neben etlichen Souvenirläden und Imbißbuden auch die Kasse. Hans Wilhelm las mir die Liste mit den Eintrittspreisen vor und überschlug dann auf die schnelle, was uns dieser Nachmittag als fünfköpfige Familie kosten würde; das Geld für Eis und Getränke noch nicht mal mitgerechnet. Da wir einen angeborenen Hang zum Geiz hatten, gaben wir unseren ursprünglichen Plan – möglichst weit vorne zu sitzen – schnell wieder auf und hielten uns an die hinteren Ränge.

Die Arena am Fuße des Kalkberges war wirklich beeindruckend. Wir nahmen erwartungsfreudig unsere Plätze ein und harrten der Dinge, die da kommen würden.

Was kam, war die abenteuerliche und intrigenreiche

Geschichte vom »Schatz im Silbersee«. Hauptdarsteller war natürlich Pierre Brice in der Rolle des Winnetou. Ich beugte mich vor, rückte meine Brille zurecht und musterte ihn aus fünfzig Meter Entfernung kritisch. Tatsächlich, der Mann hatte sich überhaupt nicht verändert. Genauso hatte ich ihn in Erinnerung. Ein Vierteljahrhundert schien spurlos an ihm vorübergegangen zu sein. (Konnte man von mir nicht gerade behaupten.)

Es gab da auch noch ein paar untergeordnete Individuen, zum Beispiel den Winnetou-Blutsbruder Old Shatterhand, den fiesen Gangsterchef Brinkley und ein verruchtes Weib namens Carmencita. Über hundert Kleindarsteller und zwei Dutzend Pferde gaben dem Ganzen Volumen.

Die Geschichte selbst zeichnete sich durch verwegene Stunts, tollkühne Reiterei und hölzerne Dialoge aus.

Zusammenfassend konnte man sagen: Die Akustik war mäßig, die Sicht war schlecht, und trotzdem hingen die Kinder mit aufgerissenen Augen, glühenden Ohren und ungläubig geöffneten Lippen an Winnetou und seinen Widersachern. Ich wußte nur zu gut, was in diesem Moment in ihnen vorging. In mir keimte der leise Verdacht auf, daß die Sache für uns noch ein wochenlanges Nachspiel haben würde.

Und richtig. Schon auf dem Heimweg beschlossen Annika und Henning, von jetzt ab nur noch Winnetou zu spielen. Winnetou – und nichts anderes! Bei der Rollenverteilung gab es einige Differenzen, aber nachdem die beigelegt waren, gab es kein Halten mehr.

In den folgenden Wochen erlebten wir ein Theaterstück ohne Ende. Manchmal hätte ich mir am liebsten die Ohren abgeschnallt, nur um folgenden Dialog nicht mehr ständig mit anhören zu müssen:

Annika: Wolln wir spielen?
Henning: Was denn?
Annika: Winnetou.
Henning: Oh, ja!

Maren: I au mitspieln, Willetubattsegeberch.
Annika: Das heißt W-i-n-n-e-t-o-u, Maren. Winnetou aus Bad Segeberg.
Maren: Willetubattsegeberch.
Annika: Also, ich bin jetzt Winnetou. Henning, du bist Old Shatterhand, und Maren ist dieser blöde Brinkley.
Henning: Also, ich schieß jetz'!
Annika: Äi, Henning, noch nicht anfangen.
Maren: I schieß au! Tf, tf, tf!
Annika: NOCH NICHT ANFANGEN!
Henning: Ohhh, Annika, ich weiß was! Hier sind ganz viele Indianer, und da liegt einer, der ist wohl aus Spaß gestorben.
Annika: Ja, das ist gut. Und dann kommen die anderen Indianer und wollen ihn beerdigen...
Henning: ...und dann schießt Brinkley mit seiner Pistole...
Annika: ...und dann kommt Winnetou...
Maren: ...Willetubattsegeberch...
Annika: ...und dann explodiert wohl der Silbersee...
Henning: ...und alle werden ganz naß...
Annika: ...und der Brinkley ist dann tot...
Henning: ...und der Winnetou, der lebt noch...
Annika: ...und dann vertragen sich wohl alle wieder...
Henning: ZU ENDE!

So konnte das noch stundenlang weitergehen.

Mit der Zeit wurden die Handlungsabläufe immer verworrener. So sehr ich mich auch bemühte, einen tieferen Sinn in ihren Geschichten zu erkennen, es wollte mir einfach nicht gelingen. Bleichgesichter, Marterpfähle, Tomahawks, Grizzlybären, Medizinmänner, wie Blindgänger flogen mir diese Begriffe um die Ohren. Nach ein paar Wochen schwirrte mir der Kopf. So viel konfuses Zeug konnte ich nicht auf einen Schlag verdauen.

Ihre normale Alltagskleidung reichte schon lange nicht mehr zum Spielen aus. Voller Inbrunst plünderten sie unsere »Verkleiderkiste« und behängten sich mit allem, was sie finden konnten. Dabei kamen die verrücktesten Kostüme heraus, mal Richtung Micky Maus/Donald Duck, mal Richtung Rotkäppchen/Böser Wolf. (Wenn's ganz schlimm kam, sahen sie auch aus wie eine Horde wildgewordener Zombies, aber das schien sie nicht zu stören.)

Auch die Stunts wurden immer verwegener. Winnetou (alias Henning) schlug sich beim Sprung vom Kalkberg-Sofa die Vorderzähne wackelig. Old Shatterhand (alias Annika) schrammte sich beim Kampf mit Brinkley den Ellenbogen auf. Ich glaube kaum, daß wir in nächster Zeit noch mal nach Bad Segeberg kommen. Und wenn doch – dann werden wir das Freilichttheater am Kalkberg bestimmt meiden wie die Pest!

P.S. Ein halbes Jahr später. Winnetou ist out! Schade, ich hatte mich gerade so schön an ihn gewöhnt. Jetzt ist BATMAN angesagt, und zwar total.

Obwohl meine Kinder diese alberne Fernsehserie noch nie gesehen haben (das werde ich auch zu verhindern wissen), kennen sie doch schon erstaunlich viele Details aus dem Leben dieses Fledermausmenschen.

Jeden Montag schleppt Annika die neuesten Geschichten aus der Schule mit an. Zu Hause werden dann gleich die Rollen verteilt: Also, Annika ist Batman, Henning ist Robin, und Maren ist ihr tiefgekühlter Gegenspieler Mr. Freeezzze...

Abgesang

Mutter zu *werden,* war eine äußerst schmerzhafte Prozedur, sowohl in körperlicher als auch in seelischer Hinsicht.

Mutter zu *sein,* ist ein unvergleichliches Abenteuer. Ich weiß nie, was als nächstes passieren wird. Und eben das macht die Sache so spannend.

Mutter zu *bleiben,* ist eine ebenso beruhigende wie bedrohliche Vorstellung. Ob ich jemals aufhören werde, mich für die Kinder verantwortlich zu fühlen? Ob meine Angst jemals nachlassen wird? Oder bin ich für den Rest aller Tage dazu verdonnert, mir Sorgen um sie zu machen?

Ich fürchte fast, es hört nie auf. Einmal Mutter – immer Mutter. Gott sei Dank!